POURQUOI TUER LE PÉPÉ?

EXBRAYAT

POURQUOI TUER LE PÉPÉ?

LIBRAIRIE DES CHAMPS-ÉLYSÉES

I

Comme s'il s'était soudain senti écœuré par la nourriture qu'il mangeait, Pierre Salagnon écarta son assiette en exhalant un soupir qui donna l'impression d'emplir la salle basse où il soupait en compagnie de la Rose, sa femme – une grande et forte créature qu'on réputait porter la culotte dans son ménage – et de la servante, Marie, une gamine de dix-huit ans avec un petit derrière de rien du tout et une poitrine dont on remarquait essentiellement l'absence. Elle ressemblait un peu à un furet dont elle avait le museau pointu, les yeux petits et cette perpétuelle inquiétude qui la faisait courir de tous côtés sans qu'on sut où et pourquoi. C'est la raison pour laquelle on l'avait surnommée la Marie Courate.

En mangeant, Rose observait son mari par en-dessous. Elle n'ignorait pas ce qui le chagrinait et la préoccupait elle-même, mais, devant la petite, elle n'osait pas se risquer à parler la première, à interroger son homme, en bref, à montrer des manières qu'on n'accepte pas dans nos pays, enfin pas encore.

Le coup de poing que Pierre donna sur la table fit tressauter les assiettes et secoua la Marie Courate qui fixa sur lui son regard trop mobile.

– Vingt dieux?! Va y avoir cinq jours!

L'exclamation de son mari ouvrait les portes à l'éloquence réfrénée de Rose.

– Et alors? qu'est-ce que tu veux qu'on y fasse? Si ça lui dit au Pépé de se balader en ville avec des pas grand-chose? C'est son affaire, non? Moi, à mon avis, le vieux il est allé retrouver son habitude au Puy.

Tout de suite complice, du moment qu'il s'agissait de gaudriole, Pierre secoua la tête, rigolard.

– Sacré Pépé...

Rose s'emporta comme chaque fois que d'autres étaient supposés en vouloir à ce qu'elle tenait pour son bien.

– Sacré Pépé, hein? et s'il se fait emberlificoter par une de ces garces de la ville et qu'elle s'arrange pour qu'il lui laisse ses sous et le domaine, ça te plaira?

– Bien sûr que non! En voilà des idées! D'abord et d'une, c'est nous qui sommes ses héritiers puisqu'on est ses neveux, ensuite, on tient la ferme, et de deux!

– Ça prouve rien!

– Ça prouve rien? Elle est forte celle-là! Ma mère, c'était peut-être pas sa sœur au Pépé, des fois?

– Et alors?

– Et alors, un bien, il sort pas de la famille, un point c'est tout! Seulement, vous autres, les gens de l'Ardèche, c'est des histoires qui vous échappent!

– Cause toujours... On est plus malins mais tu le reconnaîtras jamais!

– Tu veux que je te dise, Rose? Les Ardèchois, vous avez pas plus de moralité que de religion!

– Ça y est! nous y revoilà! tu oses m'accuser de manquer de religion, alors que pour te faire plaisir, j'ai pris la tienne le jour de notre mariage?

– Mais t'étais pas sincère, cré Dieu!

– Qu'est-ce que t'en sais, grand feignant!

Pierre Salagon déploya ses un mètre quatre-vingts et menaça d'une voix sourde :

– Répète un peu pour voir?

Rose comprit qu'elle s'était avancée trop loin et chercha une capitulation honorable.

– T'oserais quand même pas me cogner devant la Courate?

Rappelé aux convenances, Pierre reprit sa place tout en grommelant :

– Un de ces jours, ma Rose, je vais te la fermer, ta goule, et pour un sacré bout de temps...

Il attrapa le pain, s'en coupa un bon morceau sur lequel il posa la moitié d'un fromage de chèvre et commença à mastiquer lentement. Dans l'espoir de se rabibocher avec son homme, Rose lui remplit son verre qu'il vida d'un trait, puis s'essuyant les moustaches du dos de la main, il dit :

– Et s'il était arrivé quelque chose au Pépé?

La femme haussa les épaules.

– Qu'est-ce qui pourrait lui arriver en ville? S'il était malade, l'hôpital nous aurait prévenus?

– Et s'il était tombé dans le bois?

– Tombé?

– Un arrêt du cœur, par exemple? On risque de mettre des temps à le découvrir, surtout qu'il avait ses chemins à lui, le Pépé.

Rose murmura entre ses dents :

– On n'aurait pas cette chance...

– Rose!

– Ben Dame! Si le vieux, il passait de l'autre côté, on deviendrait les patrons, non?

– D'accord, mais c'est pas une raison...

– Pour moi, si!

A ce moment, Marie Courate fondit en larmes. On la houspilla en lui demandant ce qu'elle avait. Ses explications mouillées et hachées de sanglots se résumaient en ceci : le Pépé était le seul qui fut gentil avec elle et s'il était mort elle souhaitait mourir elle aussi. On répliqua en la rabrouant, en lui reprochant de faire des manières, et Rose, qui était méchante de nature, insinua :

– Tu te serais pas mal conduite avec le Pépé, des fois, pour lui prendre ses sous?

La Marie, incompréhensive, la regarda avec ses petits yeux ronds, écarquillés, tandis que le Pierre, brave homme, s'emportait :

– T'as pas honte, Rose, de dire des saletés pareilles?

Têtue, l'autre ne voulait pas se rendre.

– Les vieux sont cochons plus souvent qu'à leur tour!

La gifle que lui asséna son mari faillit la faire tomber de sa chaise.

– Je t'apprendrai à respecter le Pépé, espèce de sans Dieu!

Avec une mauvaise foi qui laissa son mari sans réaction la femme se tourna vers la servante :

– Tout ça, c'est de ta faute, la Courate!

De surprise, la fille manqua s'étrangler avec le morceau de fromage qu'elle avait dans la bouche. Profitant de l'impossibilité où Marie était – momentanément – d'émettre le moindre son, Rose poursuivait son avantage.

– On t'avait recommandé de surveiller le Pépé, mais tu te fiches pas bien mal de ce qu'on te raconte! tu te prends pour une demoiselle, alors que t'es jamais qu'une fille de l'Assistance! Les gens à qui il faut donner un nom au lieu de l'hériter de leur père et de leur mère, c'est toujours des traîne-guenille!

La Marie, outrée, bouleversée, gémit :

– C'est pas ma faute...

Pierre se mêla au combat.

– Non, c'est pas ta faute, Marie, et j'ai vergogne

de ce qu'elle soit ma femme, cette corniaude sans cœur! Écoute bien, Rose, si t'arrêtes pas de débiter tes méchancetés je vas t'envoyer direct dans ton lit, si c'est pas à l'hôpital! t'as compris?

– Si tu prends le parti de la domestique contre ta femme légitime..., grogna-t-elle.

Pierre qui ne tenait pas à pousser la querelle jusqu'à ses limites extrêmes, s'adressa à la Courate.

– Raconte-moi encore, Marie, ce qui s'est passé dimanche?

– Après qu'on a eu mangé, le Pépé m'a dit : je rentre chez moi pour me reposer et puis j'attends du monde... Tu me prépares le costume, hein, pour que j'aie pas l'air d'un vieux de rien du tout. J'y ai répondu : Vous avez jamais l'air d'un vieux de rien du tout... Moi, je trouve que vous êtes un vieux tout ce qu'il y a de bien... Alors, il m'a fait une bise et il m'a donné une pièce de cinq francs.

La Rose ricana mais un regard de son mari lui arrêta dans la gorge les vilenies qu'elle allait prononcer.

– Continue, Marie.

– Alors, je suis été préparer son costume du dimanche, celui qu'il met pour les enterrements... et je l'ai plus revu...

– Mais qui c'est qu'est venu le soir?

– Je ne sais pas... J'ai remarqué personne.

Ce fut plus fort qu'elle et la Rose glapit :

– Quand je te répète que c'est une bonne à rien, la Courate! une qu'on garde par charité et qu'est même pas capable de rendre service quand c'est qu'on en a un vrai besoin!

La Marie baissa la tête et se remit à pleurer. Ce coup-ci, Pierre se porta plus mollement à son secours, la déception l'emportant sur son sens de la justice.

– Elle pouvait pas deviner.

– On lui demandait pas de deviner mais de surveiller le Pépé! Seulement, moi, à qui on fait des mauvaises façons en public, je peux te l'annoncer qui c'est qu'est venu voir le vieux : la Clémence Dizimieu qui est sa maîtresse depuis plus de dix ans! Et pourquoi tu crois que cette grande sale, elle fait la chatte avec le Pépé, si c'est pas pour lui prendre ses sous?

– Ça se pourrait..., murmura Pierre préoccupé.

– Et comment que ça se pourrait! je vais même t'ajouter autre chose : la Clémence, elle est veuve, rien n'empêcherait le Pépé de l'épouser et elle aurait quasiment tout!

– Nom de Dieu!

– Je t'avertis, moi, si seulement je l'aperçois qui traîne dans le coin, la Clémence, aussi vrai que je m'appelle de mon nom, j'y fous un coup de fusil!

– Et tu feras bien, Rose! Cette voleuse, elle aura que ce qu'elle mérite!

– Marie, ordonna Rose, va-t'en voir dehors si j'y suis et rapplique pas avant que je t'appelle pour la vaisselle. (Elle attendit que la petite fut sortie pour chuchoter :) Le Pépé, ça m'étonnerait qu'il soye à Saint-Etienne... Il nous l'aurait fait savoir... A mon idée, et je voulais pas le dire devant la Courate, il a eu un ennui, comme tu pensais, mais un gros ennui... quelque chose dans le genre d'un coup de sang, et il est peut-être bien mort dans la forêt, tout seul, sans le secours de la religion, en sacré paillard qu'il était... On devrait attendre jusqu'à lundi et puis tu te rendras à la gendarmerie pour leur expliquer.

– Ils me diront que je me suis pas trop pressé pour m'inquiéter de l'absence du Pépé.

– Tout le monde est au courant que le Pépé avait

sa tête et qu'il supportait pas qu'on se mêle de ses affaires...

Ils restèrent tous deux silencieux un moment puis, d'une voix qu'une joie mal contenue faisait vibrer, Rose ajouta :

– On est peut-être déjà les patrons de la Molette ?

Il prit la main de sa femme.

– Peut-être...

– Dès que ça sera officiel, on flanquera la Courate à la porte... On n'a pas besoin de conserver des témoins de notre misère.

Lâchement, il acquiesça.

Elise Chatonnay avait baissé la glace de la portière, malgré le vent qui la décoiffait, pour regarder le pays où elle était appelée à vivre désormais. Elle en demeurait épouvantée. Ces montagnes... ces forêts toutes noires... Cette fraîcheur pointue qui, même au printemps, annonçait les grands froids de l'hiver – dont on lui avait parlé – l'affolaient. Elle regrettait cruellement sa petite ville méridionale où, pendant cinq années, son mari – le Chef Marcel Chatonnay – avait exercé son activité de gendarme jusqu'au jour où, esclave d'un devoir pas toujours bien compris, il avait commis une gaffe qui avait dressé la population contre lui. Mais de quelle façon aurait-il deviné que ce garçon qu'il avait arrêté en croyant agir au mieux, était un cardiaque que l'émotion pouvait tuer ? Il avait fallu qu'il le vît mort pour admettre la réalité d'une maladie qu'il prenait pour un prétexte, un subterfuge afin d'éviter la garde à vue... Le plus ennuyeux était que ce malheureux avait été reconnu innocent, d'où un beau scandale. Alors, on avait ordonné au Chef de prendre son mois de congé normal et c'est au cours de ces vacances prématurées que Chatonnay avait appris qu'il était envoyé dans la Haute-Loire. Il se résigna, non sans amertume, à une disgrâce ne ralentissant pas son zèle. Elise pensait que d'autres que son mari, subissant une aussi cruelle injustice, se seraient désintéressés de leur tâche en attendant l'heure de la retraite. Pas son Marcel. Gendarme jusqu'au bout des ongles, rien ni personne ne l'empêcherait jamais d'exercer son métier en s'appuyant sur un règlement qui pour lui s'affirmait l'Evangile, le Coran, le Talmud, la Bible, et dont nul ne le ferait jamais dévier. Elise trouvait dans cette conviction un apaisement à l'angoisse qui l'étreignait. Elle possédait une âme romaine et nourrissait une admiration sans bornes envers celui que le Ciel, dans Sa grande bonté, lui avait donné pour époux.

Si le Chef Chatonnay était un homme de taille moyenne, sec, nerveux, dont la chevelure d'un noir de jais et le teint basané disaient l'origine méridionale – il était de Draguignan –, sa femme, au contraire, se présentait sous l'aspect d'une blonde assez grande, déjà très enveloppée et dont le visage agréable manquait de piquant au point de la faire passer inaperçue, ce dont elle souffrait beaucoup. Tout à coup, son mari remarqua :

– Un rude pays, Lise.

– Oui... Il m'inquiète même un peu.

– Pas moi! S'ils ont cru se débarrasser de ma personne en m'envoyant chez les sauvages, ils se sont trompés! Ici, comme là-bas, je leur montrerai ce dont je suis capable! On respectera la Loi partout où le Chef Chatonnay sera chargé de la faire respecter!

– Je le sais, mon chéri!

– Ce sera peut-être un peu pénible pour toi, au début, Lise, mais il faudra tenir le coup.

– N'aie crainte, je le tiendrai!

– Je n'en ai jamais douté.

Après cette assurance mutuelle qui les réconfortait, le Chef recommença à fixer la route, Elise à contempler le paysage. Ils arrivèrent au chef-lieu vers 16 heures. En s'arrêtant devant la gendarmerie, Chatonnay remarqua du premier coup d'œil le laisser-aller, pour ne pas dire le débraillé du gendarme assis sur un banc, fumant la pipe avec un air bonasse qui scandalisa le gradé. Il descendit de sa voiture et s'adressa à son subordonné.

– Vous pourriez peut-être vous déranger?

– Pourquoi?

– Parce que je suis le Chef Chatonnay qui vient prendre possession de son poste.

Le gendarme se leva d'un bond et, à l'émoi qu'il témoignait, Chatonnay comprit que sa réputation l'avait précédé. Il adressa un clignement de paupière complice à sa femme qui lui sourit.

– Je... je vais prévenir Massieu.

– Entendu, mon ami, allez prévenir qui de droit et profitez-en pour remettre de l'ordre dans votre tenue.

– C'est que... Chef... je... je ne suis pas de service.

La réponse claqua comme un coup de fouet.

– Un gendarme est vingt-quatre heures sur vingt-quatre au service de la Loi!

Attiré par le bruit, Massieu, un homme grand et fort, à l'embonpoint déjà apparent, se montra sur le seuil, en bouclant son ceinturon.

– Qu'est-ce qui se passe?

– Chef Chatonnay.

Le gros rectifia la position, salua.

– Gendarme Massieu, le plus ancien de la brigade et faisant fonction de chef en attendant votre arrivée. A vos ordres, Chef!

– Faites monter les bagages dans notre appartement. Il est 16 h 15. Le temps de me mettre en uniforme et, à 17 heures, je veux voir la brigade au complet, sauf les gendarmes en tournée, naturellement.

Cette soirée du 22 avril qui marqua l'apparition de leur supérieur, aucun gendarme n'en devait perdre le souvenir. Chatonnay procéda, pour commencer, à une revue de détail, puis inspecta les armes avant de se rendre au garage. Chacun eut droit à des reproches nettement formulés et à la promesse que tout devrait changer si la brigade souhaitait que son existence demeurât supportable et les rapports entre ses membres aimables ou presque. Massieu se demandait – sans pouvoir se répondre – ce qu'il avait bien pu faire au Ciel pour que ce dernier lui ait envoyé une pareille calamité s'apprêtant à troubler les dernières années de sa carrière. Le chef s'étonnant que son prédécesseur ait pu tolérer un pareil laisser-aller, Massieu répliqua honnêtement et sans prendre garde à ce que sa réflexion suggérait à l'égard du remplaçant :

– Oh! vous savez, Chef, le chef Malivaux était un brave homme...

L'autre le coupa, sèchement :

– Ce que je ne suis pas, sans doute?

– Chef, croyez que je n'ai pas voulu...

– Eh bien! vous avez eu tort! Je ne suis pas un brave homme, Massieu, mais un honnête homme exerçant avec scrupule le métier qu'il a choisi et pour lequel on le paie!

– Oui, Chef.

– Je regrette simplement que les gendarmes m'entourant n'aient pas une plus haute idée de leur devoir!

– Oui, Chef.

– Et cela vaut aussi pour vous, Massieu!

– Oui, Chef.

Pour aggraver les choses, ce même soir, les épouses des gendarmes s'étant rendues auprès de Mme Chatonnay pour la saluer, la femme du chef s'aperçut que celle de Massieu portait à peu près la même robe qu'elle. Elle en fut mortifiée et, de ce moment, détesta Massieu et Caroline, sa compagne.

Il y avait, à présent, neuf jours qu'Antoine Sérézin, dit le Pépé, avait disparu ou mieux, n'avait plus donné signe de vie. On commençait à en parler au village et c'était un bon prétexte pour les commères de se perdre dans des discussions qui n'en finissaient pas ou bien de se rendre à la Molette, chez les Salagnon, afin de voir si on avait des nouvelles du Pépé. On savait d'avance que la réponse serait négative, mais elle permettait, tout de même, de se lancer dans de vastes digressions sur les vieillards, les soins dont il est besoin de les entourer, de leurs caprices, etc., et chacune rappelait le souvenir d'un ancêtre dont les inconséquences lui avait fait goûter les sept douleurs. Quand il voyait arriver les curieuses, Pierre se sauvait dans les champs et Rose demeurait seule pour affronter ces enquêteuses enragées que rien ne rebutait. Elle leur tenait tête en jouant leur propre jeu, poussant des soupirs, tapotant de son grand mouchoir à carreaux des paupières résolument sèches et contant, une par une, les innombrables misères que le Pépé leur avait infligées depuis qu'il les avait appelés, son mari et elle, pour tenir la Molette, après la mort de sa défunte Germaine.

Parmi ces acharnées, la seule qui réussissait à faire perdre patience à Rose, c'était la Louise Tupins, la fermière de la Malblanche, sur la route du Puy. Une grosse femme placide, dont le regard froid démentait la bonhomie de la silhouette. Il n'y avait pas sa pareille pour vous obliger à sortir de vos gonds. En ayant l'air de vous plaindre, elle vous envoyait les pires horreurs et, dans un sourire débonnaire, insinuait les plus parfaites perfidies. Une vraie créature du diable, cette Louise Tupins! Rose Salagnon la détestait presqu'autant que la Clémence Dizimieu qu'elle soupçonnait de vouloir lui dérober son héritage.

Quand elle vit, à travers la fenêtre de la cuisine, la Louise qui s'amenait à pas tranquilles, Rose fut prise d'une véritable panique. Elle ne pouvait plus la supporter! Un instant, elle se demanda de quelle façon elle s'y prendrait pour échapper, tout en sachant pourtant que cela ne lui servirait à rien de se cacher, car la visiteuse s'installerait et attendrait son retour tout en furetant dans le buffet pour y chiper des morceaux de sucre.

– Alors, ma bonne Rose, vous en avez t'y des nouvelles?

– Non.

Elle s'était assise sans se soucier qu'on l'en priât.

– Faut que j'aie de la sympathie pour me traîner jusque chez vous avec mes pauvres jambes qu'elles me portent quasiment plus... et tout le travail... Seulement, hein? l'amitié ça se commande pas! et Tupins et moi, on a une grosse amitié pour le Pépé et pour vous autres aussi, bien sûr...

Rose siffla plus qu'elle ne répondit :

– Bien sûr...

Louise eut un sourire où on devinait une satisfaction sans mélange.

– Comme ça, donc, vous avez pas de nouvelles...?

– Non.

La sécheresse et la brièveté des réponses ne semblaient guère toucher la visiteuse.

– Vous avez pas prévenu les gendarmes?
– Pas encore.
– Ah?
Il y avait tant de malveillance dans ce ah? que Rose crut nécessaire d'expliquer :
– Si le Pépé a fait une fugue, il serait pas content d'apprendre qu'on a mis les gendarmes au courant. Il a pas un caractère aimable tous les jours, le Pépé...!
– Une fugue? à son âge?
– Il est encore vert, vous savez?
– C'est vrai que j'ai entendu raconter qu'il aurait une bonne amie au Puy?
– On s'occupe pas des racontars.
– Vous avez tort parce que si cette femme mettait le grappin dessus, au Pépé, il pourrait peut-être lui laisser son bien... Vous êtes jamais que ses neveux...
– Et vous pensez que c'est pas suffisant...? Plus de quinze ans qu'on se crève ici et ça serait pour les beaux yeux d'une autre? Vous voulez rire, ma parole?
– Moi, ce que j'en dis... Je suis pas notaire ni juge...
Elle lui flanquait la frousse, cette garce de Louise! Rose en perdait son sang-froid. Elle s'en rendait compte et s'en irritait.
– Il vaut mieux, si ça devait se trouver, laisser le notaire et le juge s'occuper d'affaires qui sont les leurs!
– Faut pas vous fâcher, Rose... Je vous mets en garde, pas plus... Je serais trop malheureuse de vous voir dépouillés... Après tout, vous avez sans doute raison de rien dire aux gendarmes.
– A cause?
– A cause que s'il est mort, vous hériterez sans

ennui, sans discussion... Vous pensez qu'il est mort?

– Mais bon Dieu, comment je le saurais?

– Oh! Il y a des tas de manières d'être au courant.

Rose se leva de sa chaise, les poings crispés.

– Si nous l'avions tué, par exemple?

Le regard de la Louise se vrilla dans celui de son hôtesse.

– Par exemple...

– Foutez le camp!

– Quoi?

– Foutez le camp ou je vous sors à coups de trique!

Ce disant, elle empoigna le bâton dont la Marie Courate se servait pour battre les descentes de lit, chaque semaine. La Louise Tupins eut du mal à revenir de sa surprise, née d'une révolte inattendue.

– Tu oses...!

– Et comment! je vous pète les reins, espèce de monstre, si vous videz pas le plancher en vitesse!

– Etre traitée de cette façon, moi, la maîtresse de la Malblanche, et par une galvaudeuse qu'a jamais pu être qu'au service des autres!

– Dehors!

De toutes ses forces, Rose poussait le gros corps qui résistait mollement parce qu'au fond, la mère Tupins n'était pas tellement rassurée. Lorsque la visiteuse se retrouva dans la cour et que la porte eut violemment claqué derrière elle, elle se retourna pour crier avec une sorte de haine démente :

– Il faudra pourtant qu'on sache ce qu'il est devenu, le Pépé, assassins!

Pierre Salagnon désherbait son champ de la Trapinotte où les légumes commençaient d'étouffer lorsqu'il s'entendit appeler. Il se retourna pour voir son ami Régis, le maire de Blanzépy.

– Qu'est-ce que tu veux?

– Amène-toi un peu qu'on cause cinq minutes.

– C'est important?

– A mon idée, oui.

Pierre abandonna sa houe, frotta ses mains terreuses contre son pantalon de velours à côtes et rejoignit son copain.

– Qu'est-ce qu'il y a?

– C'est rapport au Pépé.

– T'as appris quelque chose?

– Non, et c'est pour ça que je tire peine. Ça fait combien, aujourd'hui?

– Neuf jours.

– C'est long.

– Oui, c'est long.

– Va falloir que je prévienne les gendarmes.

– Tu crois?

– Sinon, je me mets dans mon tort... Pierre, pourquoi ça t'embête que je dise un mot du Pépé aux gendarmes?

– Parce que, s'il lui est rien arrivé de grave, il me pardonnera pas d'avoir mené le tintoin... et tu comprends ce que ça veut dire?

– L'héritage?

– Dame!

Ils n'étaient, ni l'un ni l'autre, habitués à expliciter leurs sentiments. Ils procédaient par affirmations nettes, interrogations directes, raisonnements simples. Le maire reprit :

– Je comprends, mais je suis obligé. (Il attendit encore quelques minutes avant de demander :) Tu crois qu'il est mort, le Pépé?

– Je sais pas... Peut-être qu'il est chez sa bonne amie?

– La Clémence Dizimieu?

– T'es au courant?

– Comme tout un chacun. Il y est pas.

– Ah?

– J'ai envoyé François de la Régine se renseigner. Il a été plutôt mal reçu à ce qu'il paraît... A mon avis, Pierre, ça serait mieux que ça soye toi qui irais voir les gendarmes.

– Pourquoi?

– Parce que le Pépé, il était ton oncle et que t'en hériteras.

– Et alors?

– Alors, vaudrait mieux éviter qu'on parle.

– Qui c'est qui parle?

– Personne et tout le monde... On trouve que t'es pas pressé d'aller chez les gendarmes, c'est tout.

Pierre Salagnon se sentait de bien méchante humeur quand il regagna la Molette. La Rose, de son côté, n'était pas à prendre avec des pincettes. La Marie Courate rasait les murs et tâchait de se faire oublier.

Le patron prit place à table, remplit lui-même son assiette et commença à manger bruyamment à la manière d'un gros chien qui laperait une écuelle de pâtée liquide. Rose guettait le moment de parler de la visite reçue, mais son mari lui coupa l'herbe sous le pied en déclarant soudain :

– Régis Tupin est venu me voir au champ.

– Qu'est-ce qu'il te voulait?

– Me parler.

– De quoi?

Pierre releva la tête.

– Paraît qu'on jase dans le pays, à propos du Pépé.

– C'est cette garce de Louise qui est la cause de tout!

– Quelle Louise?

– Celle de la Malblanche! Elle s'est amenée cet après-midi...

Rose raconta la scène qui l'avait opposée à sa visiteuse et de quelle façon elle s'en était débarrassée et comment l'autre l'avait traitée d'assassin. Le mari réagit brutalement.

– Vingt dieux! Je vas y causer du pays, moi, à la Louise!

Avant que sa femme ait esquissé le moindre geste pour le retenir, il était déjà dehors.

De la Molette à la Malblanche, en passant par derrière le village, et devant le cimetière, il y en a pour un quart d'heure. Salagnon effectua le trajet en dix minutes, tant la colère le poussait.

Louis Tupins était presque aussi gros que sa femme, ce qui commençait à le gêner dans le travail. Assis en face d'elle, à la table que son grand-père avait fabriquée, ils formaient tous deux des blocs lourds, imperméables à tout sauf à la passion du gain. Ils accumulaient les sous bien qu'ils n'eussent pas d'enfant. Le soir, fenêtres et portes closes, ils comptaient leurs économies. Cela les rassurait, leur garantissait une sorte d'immortalité. On ne peut pas mourir lorsqu'on possède tant de beaux billets et de pièces d'or, n'est-ce pas? Ils en dressaient des piles dont l'éclat leur rajeunissait le visage. C'était leur plaisir quotidien avant de se coucher. Sur le moment de prendre place dans le grand lit où sa femme était déjà assise, le Louis allait chercher les boîtes de fer où dormaient leurs richesses et qu'ils avaient cru dissimuler dans le mur contre lequel l'armoire-penderie était collée. Au bas de celle-ci, une planche se déclouait et permettait de glisser la main dans une excavation où reposait la fortune des propriétaires de la Malblanche.

Ne craignant ni Dieu ni diable, les vieux ne sursautèrent pas quand Salagnon ouvrit brusquement la porte en criant :

– Je suis venu pour...

Le Louis ferma à demi les paupières et dit :

– T'es venu sans que je t'invite.

– Je me fous de ton invitation! Je veux savoir de quel droit ta femme s'amène chez moi pour insulter la mienne?

– Et moi, je voudrais savoir de quel droit une espèce d'hérétique comme ta Rose se permet de lever la main sur la maîtresse de la Malblanche?

– Pourquoi elle fourre son nez dans nos affaires? En quoi ça la regarde?

– Parce que les histoires de crimes regardent tous les honnêtes gens!

– T'oses dire que...

– Que t'as peut-être bien assassiné le Pépé pour en hériter, bandit!

Le Pierre fonça sur le mari de Louise, mais celui-ci avait eu le temps d'attraper son fusil et en pointa le canon sur le ventre de Salagnon.

– Fais encore un pas, assassin, et je te flanque la charge dans les tripes!

Pierre en eut son élan coupé. Il tenta de sauver la face en menaçant :

– On s'expliquera devant le juge!

– Quand tu voudras, on n'a rien à cacher, nous autres!

En rentrant chez lui, humilié et inquiet, Salagnon annonça à sa femme qu'il se rendrait à la gendarmerie du canton dès le lendemain après-midi en profitant de la voiture du boucher. Il ne se doutait pas qu'il n'aurait pas à se déranger.

Au matin qui suivit son arrivée, le gendarme Massieu n'avait pas encore fini de savourer son petit déjeuner que le chef était dans son bureau.

– Je vous rappelle que là où ils sont cantonnés, les gendarmes doivent donner l'exemple.

– Bien sûr, Chef.

– Il importe qu'ils soient les premiers levés, les premiers lavés, rasés, et qu'ils se montrent impeccablement vêtus à une population qui a les yeux fixés sur eux.

– Oui, Chef.

– Vous confierez vos responsabilités, pour la journée, au gendarme Châbons et vous m'accompagnerez. Nous allons visiter le nord du canton.

– A vos ordres, Chef.

– Un mot encore. Il me serait agréable que Mme Massieu n'oubliât point la différence qui sépare l'épouse d'un Chef de celle d'un gendarme.

– Chef, je ne vois pas...

– Simple conseil, Massieu. Nous partons?

Dans chaque village, Chatonnay saluait le maire et s'entretenait avec lui de l'état d'esprit de ses administrés. Il laissait le plus souvent un homme effaré se demandant s'il n'était pas, sans qu'il s'en doutât, à la tête d'une communauté qui pouvait du soir au lendemain se muer en un ramassis de forbans.

Pendant le trajet d'un village à l'autre, Massieu observait un mutisme total et laissait le Chef commenter aigrement les relâchements des mœurs dans la région. A la fin, ce silence irrita Chatonnay.

– Vous boudez, Massieu?

– Chef, j'observe le règlement qui interdit à l'inférieur de poser des questions à un supérieur.

– Comme vous voudrez.

Le gendarme Massieu avait déclenché la guerre froide entre le Chef et lui. Il savait pouvoir compter sur l'appui de ses collègues et se persuadait que leur union, cimentée par l'observation inconditionnelle du règlement, pouvait amener le tyranneau à une plus juste compréhension de l'existence quotidienne dans une gendarmerie.

Les deux hommes aperçurent les premiers toits de Blanzépy qui émergeaient de la combe où se cachait le village, un peu en retrait de la route de Saint-Etienne au Puy. Le Chef déchiffra le nom du patelin sur le poteau indicateur.

– Je vous écoute, Massieu.

– Un village tranquille, Chef. Il ne s'y est jamais rien passé. Depuis dix-sept ans que je suis dans la région, je crois que nous n'avons pas dressé une seule contravention dans ce coin.

– Méfions-nous de l'eau qui dort, Massieu!

– Oui, Chef.

Sur la petite place, devant l'église, Chatonnay fit exécuter une remarquable manœuvre à sa voiture, la garant d'un seul coup entre deux camionnettes. Il espérait qu'à travers les rideaux de leurs fenêtres, quelques autochtones l'auraient vu et admiré. Pour se rendre à la Mairie, ils croisèrent deux ou trois bonshommes qui saluèrent le gendarme d'un jovial : Salut, Massieu! Le Chef observa :

– Ils vous traitent avec une certaine familiarité, non?

– On se connaît depuis si longtemps...

– Ce n'est pas une raison.

– Oui, Chef.

Le passage des gendarmes dans le corridor de la Mairie suscita un certain émoi parmi les écoliers, la porte de leur salle de classe étant ouverte. L'institutrice adressa un sourire aimable à ces messieurs s'apprêtant à emprunter l'escalier menant à la partie de l'édifice réservée au Conseil municipal et au bureau du maire. Chatonnay répondit par un salut impeccable. Mlle Grampette, qui enseignait la très jeune couche de la population de Blanzépy et qui comptait une dizaine de gosses sous ses ordres, avertit les gendarmes :

– Il n'y a personne là-haut.

Le Chef fronça les sourcils.

– Où sont-ils ?

– Monsieur le Secrétaire habite le Puy et ne vient que deux fois par semaine, quant au maire, je suppose qu'il est dans sa ferme. Voulez-vous que je l'envoie chercher ?

Chatonnay s'inclina :

– Je vous en serais fort obligé, madame.

– Mademoiselle... Léon ? Cours chez M. le Maire et dis-lui que ces...

Le gosse lui coupa la parole :

– Je vas prévenir le Régis que les cognes sont là.

Le gamin partit au galop, laissant Mlle Grampette remplie de confusion et le Chef Chatonnay plein de doute quant au respect que les garnements du pays portaient à la maréchaussée. L'institutrice essayait d'expliquer que tous ses efforts pour tenter de civiliser complètement les plus jeunes générations de Blanzépy se heurtaient à l'indifférence sinon au mauvais vouloir des parents à l'esprit arriéré pour qui l'instruction demeurait une manière de perdre son temps. Le Chef l'approuva et tint à préciser que si les représentants de la Loi se montraient plus souvent et faisaient preuve de plus d'autorité, on leur témoignerait plus de considération. Un coup d'œil sévère en direction du gendarme Massieu donna un contenu humain à la remarque. Bientôt, on entendit le bruit d'une galopade et Léon apparut, hors d'haleine, tel le soldat de Marathon, pour annoncer :

– Le v'là!

Puis il regagna sa place non sans décocher sournoisement quelques horions à ceux de ses camarades que, par le truchement de ses parents, il tenait pour des adversaires politiques. Bien entendu, les autres ne restèrent pas sans réagir et Mlle Grampette se hâta de refermer la porte pour mater le désordre qui, une fois de plus, sapait son autorité et affirmait la vanité de ses leçons.

Dans le bureau de la Mairie, la Ve République les regardait de ses yeux morts. Quant au portrait du Chef de l'Etat, il ne semblait être là que pour montrer aux petites gens qu'en démocratie, tout était possible et que rien ne les empêchait de penser qu'ils pouvaient, eux aussi, accéder à la magistrature suprême, et ce, en vertu de la liberté intangible du citoyen, de l'égalité de tous les Français et enfin de cette fraternité dont les habitants de la douce France ne cessaient de fournir des témoignages. Liberté, égalité, fraternité – pensait le gendarme Massieu –, le meilleur slogan qu'on ait jamais trouvé et dont le mensonge résistait à l'usure des ans.

Le Chef désirait savoir du maire s'il y avait de mauvais sujets dans sa commune. Le magistrat municipal répondit par la négative et ajouta que Blanzépy avait l'immense privilège d'être ignoré du reste de la nation, voire du département lui-même, car son nom n'avait jamais paru dans les colonnes des quotidiens régionaux, à la rubrique des faits-divers scandaleux. Chatonnay se força pour sourire. Il n'aimait pas tellement les gens honnêtes. Il tenait que leur honnêteté n'était souvent qu'une apparence. Il estimait qu'il fallait les surveiller de plus près encore que les crapules connues. Il se leva de sa chaise et tendit la main à son interlocuteur :

– Au revoir, monsieur le Maire. Je pense que nous aurons souvent l'occasion de nous rencontrer.

– Tout le plaisir sera pour moi.

– Je veux l'espérer... Vous ai-je dit que je m'appelle Chatonnay?

– Moi, c'est Tupin, Régis Tupin.

Les gendarmes se retiraient lorsque le Régis pensa au Pépé.

– Chef.

Chatonnay et Massieu se retournèrent.

– ... ça m'était sorti de la tête, mais nous avons un ennui en ce moment à Blanzépy.

– Un ennui?

La narine dilatée, le Chef revint vers Tupin.

– Quelle sorte d'ennui, monsieur le Maire?

– Au sujet du Pépé.

– Le Pépé?

– Antoine Sérézin... Il est né en 87 et on lui dit le Pépé depuis qu'il a dépassé les soixante-quinze.

– Que lui est-il arrivé?

Tupin se gratta le crâne.

– Eh bien! justement, c'est ce qu'on sait pas... Il a disparu depuis neuf jours, à présent.

Aigre, le Chef s'adressa à Massieu.

– Vous étiez au courant?

– Personne ne m'y a mis!

– Absence totale d'initiative... Routine négligée. Monsieur le Maire, ce Pépé a-t-il de la famille?

– Il vit chez ses neveux à la Molette.

– Ces gens-là ne se sont pas inquiétés?

– C'est que le Pépé aurait plutôt un foutu caractère et comme les autres sont ses héritiers, ils tiennent pas à le mettre à cran... rapport à l'héritage... Les vieux, ça change souvent d'avis pour un oui pour un non... Vous comprenez?

– Je comprends surtout que personne ne fait son devoir! Vous, monsieur le Maire, à qui il incombait de prévenir les autorités lorsque l'absence de ce vieil homme s'est anormalement prolongé... L'étrange famille du disparu qui, pour de sordides soucis d'argent, a peut-être laissé un vieillard mourir dans les bois... Vous, enfin, Massieu, qui auriez dû entendre parler de cette disparition. Et maintenant, monsieur le Maire...

Le Chef reprit place sur la chaise abandonnée quelques instants plus tôt, sortit un carnet de sa poche (gestes autoritaires donnant à entendre qu'il prenait la situation en main) et ordonna :

– ... parlez-moi donc un peu de ce Pépé et de ses surprenants neveux.

Tupin commençait à penser qu'il aurait peut-être été mieux inspiré de se taire. Mais à présent que le vin était tiré, il fallait le boire.

– Antoine, c'est quasiment le plus vieux de la commune. Les Sérézin sont à la Molette depuis des temps et des temps. Il a perdu sa femme, il y a pas mal d'années. Leur seul fils avait été tué en 40. Tous ses frères et sœurs ont disparu, eux aussi. Il a tenu sa ferme tant qu'il a pu et puis quand il s'est rendu compte qu'il y arrivait plus, il a appelé le fils de sa dernière sœur morte de la grippe en 52 et veuve depuis deux ans. Ce fils, c'est Pierre Salagnon, un garçon de quarante-cinq ans qu'avait pas bien réussi. Il travaillait comme ouvrier agricole du côté d'Yssingeaux. Une vraie chance pour lui... Un bon domaine à exploiter et la promesse ou du moins l'espoir qu'en mourant l'Antoine lui laisserait tout puisqu'il restait son seul parent. Ici, on a très vite adopté Salagnon parce que c'est un gros travailleur qu'a pas de malice pour deux sous. Sa femme, elle, a moins plu.

– Pour quelle raison?

– Ben... n'est-ce pas... Pierre est allé la chercher chez les huguenots et nous, on n'aime pas beaucoup ces gens-là... Vous me direz qu'elle a changé de religion pour se marier, mais ça reste... En plus, c'est une femme pas très causante, dure au travail, d'accord, mais pas familière et très attachée à ses sous... Le Pierre, c'est pas toujours fête chez lui, et la Courate, elle en voit plus que son compte... à ce qu'on raconte... Parce que moi, je suis pas été y mettre mon nez, chez les Salagnon.

Chatonnay eut un reniflement de mépris.

– Et puis vous ne tenez pas à prendre des responsabilités.

– Gilberte, ma femme, elle dit comme ça : moins on s'occupe des histoires des autres, moins on récolte d'ennuis.

– Quand on a cette mentalité, monsieur Tupin, on ne sollicite pas l'honneur d'être maire! En tout cas, s'il est arrivé quelque chose de grave, j'en serais navré pour les théories de votre épouse, mais les ennuis vous pourriez bien les avoir!

– Vous croyez?

– Et comment!

– Bon Dieu de bois! J'y ai pourtant répété au Pierre d'aller chez vous pour signaler la disparition du Pépé, mais il voulait pas...

– Pourquoi?

– A cause du caractère du vieux, je vous ai déjà expliqué et puis de l'héritage...

Une fois encore, le Chef abandonna son siège.

– Vous savez où se trouve la ferme des Salagnon, Massieu?

– La Molette? Oui Chef.

– Allons-y.

Sans le moindre enthousiasme, Tupin demanda :

– Faut que je vous accompagne?

– Pas la peine.

Le Régis poussa un soupir de soulagement.

Depuis qu'on n'avait plus de nouvelles du Pépé, Marie Courate passait à pleurer le temps qu'elle n'usait pas dans d'innombrables travaux ménagers commandés par l'impitoyable Rose Salagnon. Il lui arrivait même de verser des larmes dans la salade qu'elle triait. Le Pépé, c'était un peu son grand-père à elle. Jamais il ne l'avait rudoyée et, quelquefois, il lui adressait des mots gentils, lui affirmait qu'elle n'était pas plus moche qu'une autre et qu'elle trouverait sûrement un mari. Il déclarait aussi que s'il était encore là quand l'événement se produirait, il veillerait à ce que Marie n'épouse pas n'importe quel galvaudeux. Au vrai, la perspective du mariage n'enchantait guère la petite. Elle ne voyait en lui que des tâches ajoutées à d'autres tâches avec, en plus, des gosses qu'il fallait torcher, laver, etc. Par moments, la Courate se perdait dans ses rêves où elle se voyait devenue une dame du Puy, dormant jusqu'à 10 heures du matin, se promenant dans les rues dans de belles robes et se gavant de gâteaux.

Marie, sous le hangar, ramassait du petit bois pour allumer la cuisinière où elle mettrait le ragoût de mouton à réchauffer, lorsqu'elle entendit une grosse voix, derrière elle, qui annonçait :

– Celle-là, c'est la Marie Courate, Chef.

Elle se retourna pour se trouver en présence de deux gendarmes. La surprise lui fit lâcher son fagot. Le gros gendarme qu'elle connaissait se mit à rire.

– Te ferait-on peur, Marie?

– Oh! non, monsieur Massieu!

– Tes patrons sont là?

– La patronne est dans sa chambre et le patron, il travaille au bois du Maye. Il rentrera pour la soupe... (Elle leva son petit visage pointu vers le ciel pour consulter le soleil et conclut :)... dans pas longtemps.

Le Chef, trouvant qu'on semblait le négliger un peu, intervint :

– Vous vous appelez Courate Marie?

Elle rit.

– Non, Courate c'est un surnom... Je m'appelle Marie Charavines.

– Il y a longtemps que vous êtes au service des Salagnon?

– Trois ans.

– Et avant? chez vos parents?

– Je suis de l'Assistance.

– Vous connaissez donc bien Antoine Sérézin?

– Le Pépé?...

De nouveau, elle fondit en larmes. Emu, Massieu, bonhomme, la prit par les épaules et la serra contre lui.

– Allons, mon lapin, faut pas te ronger les sangs comme ça. On va le retrouver, le Pépé...

Elle secoua la tête, désespérée.

– Non... il est mort! je sais qu'il est mort!

Chatonnay écarta brutalement le gendarme.

– Ça suffit, Massieu, vous n'êtes pas ici pour jouer à la nourrice. Vous, comment savez-vous que le Pépé est mort? Allez! Vite! Répondez!

– Je le sens...

– Tiens donc?

– D'habitude, il reste jamais des jours et des jours sans rentrer, ou alors il me le confie.

– Qu'est-ce qu'il vous confie?

– Où il va.

– Et où va-t-il?

– Au Puy, chez sa bonne amie.

– Vous la connaissez?

– Non. Elle s'appelle Clémence... Clémence Dizimieu. Elle était domestique chez le Pépé du temps de sa défunte femme.

– Je suis au courant, Chef, crut bon de remarquer Massieu. Je sais où habite cette personne.

– Vous auriez pu me l'apprendre!

– Je l'aurais fait si vous me l'aviez demandé, Chef.

– Je n'aime pas votre réponse, Massieu!

– Je le regrette, Chef.

Chatonnay considéra son subordonné d'un œil soupçonneux, puis revint à Marie.

– Racontez-moi quand vous avez vu le Pépé pour la dernière fois.

Elle renifla et, se détournant légèrement, montra une maisonnette séparée du corps d'habitation de la ferme d'une vingtaine de mètres.

– Il vit là... C'est moi qui m'occupe de tenir sa chambre propre et son linge... Il sort pour se promener... pour aller bavarder avec ceux du village ou boire un coup chez Champmillon, le café... Il vient à la maison que pour manger.

– Il s'entend bien avec ses neveux?

– Avec la patronne, pas trop. Elle lui fait toujours des reproches... qu'il mange pas proprement... qu'il est difficile pour la nourriture.

– Qu'est-ce qu'il répond?

– Il répondait pas... Sauf un jour, il s'est levé de table avant d'avoir fini et il a dit... mais j'ose pas...

– Allons, ne soyez pas sotte!

– Il a dit : « Pierre, je vais te confier une bonne chose : ta femme, elle m'emmerde. » Et il est parti.

Massieu remarqua en riant :

– C'est tout le Pépé, ça!

– Massieu, je vous en prie ! Mademoiselle, parlez-nous de ce dimanche où il a disparu ?

– Il m'avait demandé de lui préparer son beau costume en m'expliquant qu'il attendait quelqu'un, alors j'ai pensé à la Clémence, mais je l'ai pas vue arriver... C'est vrai que j'ai pas surveillé.

– Comment a-t-on constaté son absence ?

– Au dîner.

– Vos patrons ne se sont pas inquiétés ?

– Non. Le Pépé, il avait l'habitude de filer au Puy sans en parler à personne... Il passait par les bois pour attraper la grand-route où il prenait le car... Le patron, il a suivi son chemin, il a rien vu.

– Et depuis, pas de nouvelles ?

– Non.

Elle se remit à pleurer. La voix de Rose Salagnon emplit la cour :

– Marie ? où t'es encore fourrée, bonté divine ! le feu qu'est même pas allumé à cette heure ? T'es folle ou quoi, bougre de feignante ! T'es encore à t'amuser dans quelque coin ! Attends voir !

Avant que la Courate n'ait pu répondre, le Chef se montrait suivi de la jeune fille et de Massieu pour déclarer d'une voix glacée :

– On ne s'amuse pas avec les gendarmes, madame. On se contente de répondre à leurs questions. Ce que vous allez volontiers accepter de faire, je suppose.

La Rose ouvrit des yeux tout ronds et résuma sa surprise en un seul mot déjà illustré sur un fameux champ de bataille et qu'elle exhala plutôt qu'elle ne prononça. Sans attendre d'y être invité, Chatonnay et son escorte pénétrèrent dans la salle basse de la ferme, écartant la femme qui, médusée, en gardait le seuil. Mais Rose n'était pas d'un tempérament à se laisser abattre longtemps. Ce fut elle qui prit l'initiative des opérations.

– Qu'est-ce que vous voulez?

Le Chef fixa la patronne d'un œil narquois.

– Vous ne vous en doutez pas un peu?

– Non.

– Pas malin de mentir aussi bêtement, madame Salagnon et de plus, ça me met en boule!

– Non, mais des fois, pour quoi vous vous prenez?

L'interpellé se redressa de toute sa hauteur.

– Pour le Chef Chatonnay qui enquête sur la disparition d'Antoine Sérézin, surnommé le Pépé. Vu?

Le coup avait porté et Rose se sentit devenir toute molle. Le Chef s'en rendit compte et abusa de sa victoire.

– Alors, on fait moins de manières?

– Vous... vous avez des nouvelles du Pépé?

– Non, et vous?

– Non.

– Seulement, moi, madame Salagnon, je ne suis au courant de sa disparition que depuis une demi-heure, tandis que vous, vous le savez depuis huit jours. Pourquoi ne nous avez-vous pas alertés, madame Salagnon?

Le Chef réentendit les explications déjà fournies touchant le caractère du Pépé, le risque de le mécontenter et, partant, de le voir modifier son testament.

– Parce que vous connaissez son testament?

– C'est-à-dire qu'on s'en doute, puisqu'il nous a toujours laissé entendre qu'on lui succèderait ici... D'ailleurs, ça serait que justice après le mal qu'on s'est donné pour tenir son bien et le dorloter!

– Pourtant, il ne vous aimait pas beaucoup.

– Moi? il me considérait comme sa fille!

– Ce n'est pas ce que l'on m'a raconté.

La patronne se rua sur la Marie Courate, la main levée en glapissant :

– C'est toi, espèce de crève-la-faim, qui as causé, hein? Je vas te les payer tes mensonges, bonne à rien, bonne à tout!

La Marie ramenait déjà ses bras sur sa figure pour se protéger quand le gendarme Massieu lui fit un rempart de son corps imposant, tout en déclarant :

– Attention, Rose! si vous touchez à la petite, vous aurez affaire à moi! La moindre plainte et je vous emmène.

Cette autorité subite de Massieu fut jugée par Chatonnay comme une atteinte à ses prérogatives.

– Massieu, vous oubliez que...

Mais le gendarme n'entendait pas s'en laisser conter.

– Ce sera comme ça, Chef, et pas autrement!

Ne voulant pas donner le spectacle de deux représentants de la maréchaussée aux prises, Chatonnay soulagea sa mauvaise humeur sur son hôtesse.

– Je n'ai pas de temps à perdre et ce que vous racontez sur le caractère du disparu, son testament, ça ne m'intéresse pas. Ce sont des histoires qui ne tiennent pas debout! Pour quelles raisons ne vouliez-vous pas qu'on le retrouve?

– Je... je comprends pas...

– Alors, je vais vous expliquer... Vous espériez que ce vieil homme que vous détestiez, que vous trouviez encombrant, qui mettait trop de temps à mourir, aurait eu un accident quelque part dans la forêt et que plus vous tarderiez à signaler sa disparition, plus il aurait de chance de claquer et de vous mettre ainsi en possession de la ferme!

– C'est pas vrai!

– Et pour vous exprimer le fond de ma pensée, je

ne suis pas sûr que le Pépé n'ait pas été victime d'un assassinat longuement prémédité...

Cela dépassait l'entendement de Rose.

– Assassiner le Pépé... Mais qui? et pourquoi?

– Qui? j'ai mon opinion là-dessus. Et pourquoi? mais simplement pour hériter, ma bonne dame.

– Mais puisque c'est nous autres, les héritiers!

– Justement!

Avec des han! terribles, Pierre attaquait un vieux pin à grands coups de cognée lorsqu'il attrapa dans le vent, la voix de la Marie Courate qui appelait : « Patron! Patron! » Tout de suite, il eut peur. Si la petite venait le chercher au bois, c'est qu'il y avait quelque chose de grave à la maison. Il hurla pour indiquer où il était et commença à ranger ses affaires. Il n'avait pas terminé quand la Marie, écartant les branches, se montra entre deux gendarmes. Pierre en resta les bras ballants. Sans réaliser le saugrenu de sa question – tant était gravée l'idée de culpabilité imagée par les deux gendarmes encadrant le délinquant –, il s'adressa à Massieu :

– Qu'est-ce qu'elle a fait?

– Elle?... Elle nous a conduits jusqu'à vous.

– Ah? bon...

Soulagé, il se redressa. Puis, subitement, il réalisa que les gendarmes venaient le trouver en pleine forêt.

– Qu'est-ce qu'il y a donc?

– On est là pour le Pépé.

– Il est revenu?

A cet instant, le Chef prit la direction des opérations.

– S'il était revenu, pourquoi nous dérangerions-nous?

– C'est vrai.

– Pierre Salagnon, vous feriez mieux d'avouer.
– Avouer!... Qu'est-ce que je dois avouer?
– Où vous avez caché le Pépé?
– Où j'ai... Non mais, ça va pas?
– Suffit! Parlez-moi sur un autre ton!
– Mais N... de D...! Pour quelles raisons je l'aurais caché, le Pépé?
– Pour qu'on ne le retrouve pas immédiatement.
– On voit bien que vous ne le connaissez pas! Si vous pensez qu'il se serait laissé faire!
– S'il était vivant, d'accord, mais s'il était mort?
– Le Pépé est mort?
– Vous devez le savoir mieux que personne, non?
– Moi?
– Dame! si vous l'avez tué?
Il y eut un silence au cours duquel on entendit le vent chuinter entre les branches des arbres. Sur le visage de Salagnon on pouvait lire le cheminement de sa pensée. Puis, brusquement, comme s'il venait enfin de comprendre ce que le Chef avait dit, il se baissa, empoigna sa cognée et allait sans doute se jeter sur Chatonnay lorsque Massieu cria :
– Pierre!
Ce cri, qui était aussi un ordre, bloqua l'élan du bûcheron. Livide, Chatonnay n'avait pas bougé. On l'eût cru en catalepsie. Enfin, il put articuler :
– Massieu... il a voulu... il a osé...
Le gendarme, conciliant, se plaça entre les deux hommes.
– Mais non, chef... Il a été bouleversé par votre accusation...
– C'est ce que nous verrons! Passez-lui les menottes, on l'emmène!
Sans se préoccuper des règles hiérarchiques,

Massieu prit son supérieur par le bras, l'entraîna à l'écart et lui chuchota :

– Attention, Chef... Il y a un témoin... La petite... Il serait difficile de démontrer qu'il désirait vous frapper... On l'a vu ramasser sa cognée et pas plus... Et vous l'aviez accusé de meurtre sans la moindre preuve...

D'une secousse, Chatonnay se libéra :

– Quel jeu jouez-vous, Massieu?

– J'essaie de vous éviter des ennuis, Chef.

– Autrement dit, de commettre une gaffe?

– Oui, Chef.

– Vous le prenez d'un peu trop haut avec moi, Massieu, et ça ne me plaît pas!

Sans le reconnaître, Chatonnay admettait que son subordonné avait raison. Il se contenta d'affirmer à Salagnon :

– Nous allons ratisser la forêt et, que vous le souhaitiez ou non, nous retrouverons le Pépé. Ce jour-là, je crois que nous aurons un sérieux entretien, vous et moi. Venez, Massieu.

Ils étaient partis depuis un bon bout de temps quand Pierre demanda à Marie :

– C'est pas vrai qu'ils croient que j'ai tué le Pépé?

Naturellement, le soir même le pays entier était au courant. On commentait avec bienveillance ou méchanceté – selon l'amitié qu'on portait ou non aux Salagnon – la visite des gendarmes à la Molette. La Louise Tupins était la plus acharnée, protestant qu'il n'y a pas de fumée sans feu et qu'avec une femme comme la Rose qui ne croyait pas en la Sainte Vierge, on pouvait s'attendre à tout. Le plus embêté était le maire. Il confiait à Gilberte, son épouse :

– Ce Chef, il a l'air tout ce qu'il y a de mauvais. Si

jamais il est arrivé quelque chose de grave au Pépé, il est foutu de m'en rendre responsable... Alors, faudra que je quitte la Mairie, et Paul, ce salaud de boucher, il aura ma place. Il y a assez longtemps qu'il la guigne, le salaud!

Créature posée, équilibrée, Gilberte essayait d'apaiser les craintes de son époux :

– Ça tient pas debout ce que tu racontes, mon pauvre Régis. L'histoire du Pépé, elle regarde les Salagnon et pas nous. T'étais pas chargé de veiller sur lui, à la fin! D'abord, comment t'aurais su qu'il se trouvait pas à la Molette? Tu le voyais pas tous les jours, le Pépé, hein? Si la famille s'inquiétait pas, pourquoi tu te serais inquiété?

Rassuré par la logique de sa compagne, Régis repartait au travail en pensant que ce dégoûtant de boucher en serait encore pour ses frais, cette fois comme les autres fois.

Cependant, la battue organisée par le Chef Chatonnay avec l'aide de la population mâle des villages situés aux abords de la forêt, passionna l'opinion. Chacun s'employa avec ardeur à jouer les limiers. Hélas! ce fut en pure perte et, à la nuit, la rage au cœur, le Chef rassembla ses chasseurs bénévoles pour les remercier et leur annoncer qu'il n'abandonnait pas, pour autant, les recherches. L'assemblée allait se disperser lorsqu'on vit un gamin arriver en courant et qui criait :

– Ça y est! ça y est!

Ce fut Champmillon, le cafetier, qui l'arrêta au passage d'une poigne solide.

– Qu'est-ce qui y est?

– Le Pépé...

– Le Pépé?

– Je l'ai trouvé!

Immédiatement, ils l'entourèrent, et Chatonnay ne permit à personne de questionner l'enfant.

– Tu as trouvé le Pépé?
– Oui, monsieur.
– Et, où est-il?
– Près de la ferme abandonnée, tout près d'ici.
– Qu'est-ce qu'il y fait?
– Rien, monsieur. Il est mort.

II

Ils s'y étaient tous rendus. Le gosse conduisit les hommes et les femmes de Blanzépy, que précédaient le Chef et Massieu, à moins d'un kilomètre du village, sur le vieux chemin abandonné depuis près de cinquante ans et que les ronces avaient envahi. Vieille sentinelle semblant veiller sur les temps révolus, une ferme en ruine montait la garde. Elle n'avait plus de toit et ce qui restait des murs disparaissait sous les plantes grimpantes. Il y avait encore des vieux pour se rappeler les derniers occupants.

Les femmes s'essoufflaient, les vieilles agitaient, en gémissant, leurs membres perclus, mais nul ne voulait lâcher pied tant la curiosité les tenaillait. Avec leurs bottes, les gendarmes s'en fichaient, des épines qui vous attrapaient au passage et déchiraient les bas. Ils commencèrent à sentir l'odeur lorsqu'ils ne furent plus qu'à cent mètres de la ferme. Ils ralentirent l'allure, les plus sensibles s'arrêtèrent et se résignèrent à être venus là pour rien. Au fur et à mesure que la puanteur s'imposait, les rangs s'éclaircissaient. Bientôt, il n'y eut plus que le gosse à qui l'orgueil d'être la cause de ce remue-ménage faisait oublier tout le reste, les gendarmes, Pierre Salagnon, le maire, le cafetier, le cantonnier-fossoyeur, le Louis Tupins prêt à se gorger de détails pour les restituer à sa femme, à la façon de l'oiseau qui régurgite la nourriture avalée pour nourrir ses petits, et le curé, pâle et vacillant.

De loin, on aperçut les souliers qui sortaient de dessous un buisson. L'odeur devenait insupportable. Le gosse courut pour rester encore le premier et, montrant quelque chose du doigt, il cria fièrement :

– Il est là, mais on le reconnaît pas parce que les renards y ont bouffé la gueule!

Un murmure d'horreur courut parmi la troupe qui avait abandonné la partie et attendait qu'on confirmât ou non la présence du Pépé. La majorité de l'assistance étant composée de femmes, spontanément une sorte de chœur antique s'était formé pour chanter la louange du Pépé dont peu se souciaient quand il était vivant.

Le Chef et le gendarme avaient fabriqué un masque dérisoire avec leur mouchoir. Les autres essayaient de respirer le moins possible. Chatonnay dit :

– Il faudrait le sortir de là-dessous...

Personne ne répondant à son invitation, il soupira :

– Allons-y Massieu.

Ils empoignèrent chacun une jambe du mort et tirèrent. Ce qui apparut fit vomir l'André Champmillon. Entre le front, que couronnait une frange de cheveux gris, et le menton, il n'y avait plus grand-chose. Pâle, la voix un peu chevrotante, le Chef s'adressa à personne et à tout le monde :

– Est-ce que quelqu'un peut affirmer qu'il s'agit du corps d'Antoine Sérézin, qu'on appelait le Pépé?

On se tourna vers Salagnon parce qu'après tout,

c'est lui que ça devait intéresser le mieux. Le pauvre Pierre avait les larmes aux yeux. Il assura :

– C'est bien son costume des dimanches...

Comme il n'était pas à envisager que le Pépé ait habillé un mort avec son propre costume, l'identification parut suffisante au Chef Chatonnay qui laissa le curé bénir – de loin – la pauvre dépouille et ordonna :

– Mettez des branches sur le cadavre en attendant qu'on vienne le chercher. Il a dû avoir une attaque.

Tandis qu'on regagnait Blanzépy, le Louis Tupins se régalait de ce qu'il allait pouvoir raconter à sa femme et se remémorait chaque détail, quand tout à coup, une idée lui traversa l'esprit. Il en fut, sur le moment, tellement frappé qu'il s'immobilisa et se laissa distancer de quelques pas. Il dut presque courir pour rattraper les gendarmes qui, cette fois, fermaient la marche. Il tira Chatonnay par la manche :

– Chef?

– Oui.

Le bonhomme baissa la voix pour que les autres n'entendent point.

– Chef, vous avez dit que le Pépé avait dû avoir une attaque...

– Et alors?

– C'est possible, mais pourquoi il était passé par ce chemin abandonné, surtout avec son beau costume? C'était pas une manière de l'arranger pour se rendre chez sa bonne amie ou seulement en ville!

– Vous êtes sûr que ce chemin est vraiment abandonné?

– Oh! là là! depuis des ans et des ans! Y a guère que les sangliers pour s'y promener encore et les ramasseurs de champignons.

A son tour, le Chef s'arrêta et sortit son calepin.

– Notez que j'avais relevé le côté insolite du lieu, mais vous avez bien fait d'attirer mon attention sur cette bizarrerie. Je vous remercie d'aider la Justice. Quel est votre nom?

Le Louis se redressait, plein jusqu'aux yeux d'une fierté qui lui sortait de partout. Quand il raconterait à la Louise...

– Tupins, Chef... Tupins de la Malblanche.

Chatonnay, sur une page vierge de son carnet, inscrivit le patronyme, puis il appela Massieu pour lui répéter la réfléxion du fermier de la Malbranche. Le gendarme hocha la tête.

– Je voulais vous en parler, Chef.

– Pourquoi ne l'avez-vous pas fait?

Le gendarme montra la troupe qui marchait devant eux.

– Pas devant ceux-là... C'est vrai, Chef qu'on n'emprunte pas ce chemin... D'ailleurs, il doit se perdre dans les broussailles à quelques centaines de mètres plus loin. Je ne pense pas que le Pépé, qui connaissait ces coins comme sa poche, aurait eu l'idée saugrenue de passer par là.

– Pourtant, il y est, non?

– Si.

– Alors?

– Alors, Chef, s'il n'y est pas venu et qu'il s'y trouve quand même, il n'y a qu'une explication.

– Laquelle?

– Qu'on l'y a apporté une fois mort.

– Vous vous rendez compte de ce que vous avancez, Massieu?

– Oui, Chef.

– Vous avez trop d'imagination, Massieu, et c'est mauvais pour un gendarme!

– Dans ce cas, Chef, pourquoi a-t-on déniché le

pauvre vieux sous un buisson? Il n'est quand même pas allé s'y glisser pour mourir?

Vexé, Chatonnay se mordit les lèvres. Il enrageait de n'avoir pas relevé l'anomalie lui-même. Honnête, il ne s'estimait pas le droit de refuser l'hypothèse qui, maintenant, s'imposait.

– Un meurtre?

– Ça m'en a tout l'air, Chef.

– Bon. On demandera une autopsie.

Dans l'auto le ramenant à la gendarmerie, le Chef Chatonnay était partagé entre deux sentiments. D'une part, il prenait pour une injure personnelle le fait qu'on ait marqué son arrivée par un crime et d'autre part, il se réjouissait à la perspective d'élucider seul, et sans le secours des policiers du S.R.P.J. de Clermont-Ferrand, le problème que posait le meurtre du Pépé. On allait apprendre à connaître le Chef Chatonnay et le criminel maudirait le hasard qui l'avait mis aux prises avec un homme de cette valeur. Il n'aurait pas fallu pousser le Chef pour lui faire dire que sitôt les résultats de l'autopsie communiqués, il mettrait la main au collet du coupable en moins de vingt-quatre heures!

En arrivant au chef-lieu de canton, Chatonnay commanda une corvée pour aller enlever le corps, le mettre dans le cercueil et le descendre au Puy, à la disposition du médecin-légiste. Ensuite, il téléphona à ses supérieurs pour expliquer – avant de leur envoyer son rapport – les raisons pour lesquelles il réclamait l'autopsie d'Antoine Sérézin.

Quand le chef ouvrit la porte de son appartement, Elise devina que quelque chose était arrivé et s'écria :

– Marcel! que...

Ayant jeté son képi sur un fauteuil, Chatonnay

prit sa femme par la taille, la souleva, et lui colla une bonne grosse bise sur chaque joue. Quand il eut reposé à terre son épouse stupéfaite par une tendresse inhabituelle et une exaltation qui n'était point dans le caractère de son mari, le Chef annonça :

– Elise, ils regretteront de m'avoir expédié en exil!

Mais Marcel attendit d'être installé à table et d'avoir avalé une pleine assiette de petit salé aux lentilles pour donner à sa femme les explications nécessaires afin qu'elle puisse comprendre la malchance d'un minable assassin qui voyait se dresser sur sa route le Chef Chatonnay.

Quand Salagnon était rentré chez lui et qu'il avait annoncé à sa femme et à la Marie Courate la mort du Pépé, l'atmosphère de la Molette avait changé. La Rose promenait un regard nouveau sur le décor au milieu duquel elle vivait et continuerait à vivre, un regard de propriétaire. La pauvre Marie Courate pleurait à chaudes larmes la seule personne qui lui ait jamais témoigné un peu d'affection. Pierre ne parvenait pas à faire un choix entre le plaisir d'être bientôt mis en possession de la Molette et son chagrin, réel, de la disparition du Pépé.

Après quelques minutes de silence, Rose demanda :

– Tu crois pas qu'on devrait voir l'Albert Taponnat pour le cercueil?

– Les gendarmes ont dit qu'ils emmenaient le corps.

– Les gendarmes?

– Le Chef m'a expliqué qu'il fallait pratiquer une autopsie.

– Ça sert à quoi?

– A voir de quoi le Pépé est mort.

– Et quelle importance?
– Paraît que c'est la loi.
– Tu penses que ça peut être mauvais pour nous?
– Y a pas de raison...
– Quand c'est qu'ils nous le rendront?
– Je sais pas.
– Ils vont quand même pas attendre des jours et des jours?
– La loi... On peut rien contre.
– Et le notaire, faudrait penser à le prévenir, tu crois pas?
– Vaut mieux pas se presser... qu'on cause pas trop dans le pays.
– Qu'est-ce qu'on a à en foutre de ce qu'ils racontent, eux autres? cria la Rose, véhémente.
Salagnon haussa les épaules.
– Quand même...
– En tout cas, je t'avertis, je vais pas laisser passer des mois avant d'y mettre de l'ordre, dans la maison! Et d'abord, toi, la Courate, tu peux commencer à chercher une autre place.
La Marie sursauta.
– Vous me renvoyez?
– Et le plus vite possible!
– Qu'est-ce que je vais devenir?
– Ça te regarde!
– Mais qu'est-ce que je vous ai fait?
– Tu m'as fait que je peux plus te supporter avec ton museau de fouine et tes petits yeux toujours en train d'épier ce qui se passe! Le Pépé voulait qu'on te garde, j'ose pas me demander ses raisons, mais maintenant qu'il a débarrassé le plancher, je te conseille d'agir de même!
Désespérée, la Marie gagna la cour, puis la grange où elle s'installa dans un coin et y pleura tout son soûl.

Rose frotta ses mains.

– Le nettoyage est commencé!

– Je sais pas si t'as raison... Les gens vont se demander pour quel motif tu renvoies la Courate?

– J'ai pas de motif à leur donner!

Vingt-quatre heures après la découverte de la dépouille du Pépé, la réponse du mededin légiste arriva : la victime avait eu la nuque brisée, d'un coup de bâton vraisemblablement, et son cadavre avait été traîné sur une certaine distance à travers la forêt, les débris végétaux relevés sur les vêtements, les traces de terre sur les chaussures et le pantalon ne laissaient aucun doute à ce sujet. Le Chef Chatonnay était convoqué le lendemain matin chez le Juge d'Instruction.

M. Saint-Véran, Juge d'Instruction, un homme déjà sur l'âge, terminait au Puy une carrière sans éclat et sans histoire. Numismate passionné, il attachait beaucoup plus d'importance à la recherche de ses chères pièces de monnaie qu'à l'étude de dossiers qui l'ennuyaient profondément. Lorsqu'on lui transmit l'affaire du crime de Blanzépy, il pensa qu'il s'agissait d'un meurtre aussi vulgaire que banal. Dans ces conditions, il estimait que la gendarmerie serait de taille à se débrouiller sans qu'on eût besoin de recourir à ces messieurs de Clermont-Ferrand qui lui causaient sans cesse du tracas par leur activité le troublant dans ses études numismatiques.

Quand M. Saint-Véran vit entrer le Chef Chatonnay dans son bureau, il devina en lui un homme apte à mener correctement son enquête. Il lui posa quelques questions, lui demanda son avis sur un certain nombre de points et résolut de lui accorder sa confiance.

– M. Chatonnay, je n'irai pas par quatre chemins. En tant que Chef de brigade, vous êtes officier de Police Judiciaire. Vous sentez-vous capable de découvrir le meurtrier d'Antoine Sérézin ou préférez-vous que je transmette le dossier à Clermont?

Chatonnay n'entendait pas laisser passer l'occasion de se réhabiliter aux yeux de la Gendarmerie tout entière.

– Monsieur le Juge, je vous livrerai le meurtrier sous peu.

Cette résolution plut à M. Saint-Véran.

– Chef, je vais vous délivrer une commission rogatoire et vous souhaiter le succès, mais souvenez-vous que j'aime les preuves directes et indiscutables. Elles raccourcissent tellement l'instruction!

De retour à la brigade, Chatonnay avait l'impression de marcher sur les nuages. Il appela tout de suite Massieu pour le mettre au courant.

– Ça y est! Le Juge d'Instruction m'a délivré une commission rogatoire. Je suis mon seul maître. On va régler cette affaire en trois coups de cuillère à pot!

Massieu, par sa mimique, laissa entendre qu'il ne partageait pas l'euphorie de son supérieur.

– Vous en doutez, Massieu?

– Vous ne connaissez pas les gens d'ici, Chef.

– Qu'est-ce qu'ils ont de différent des gens d'ailleurs? Ce sont des Français eux aussi, non?

– C'est pas ça... S'ils veulent vous aider, ils vous seront d'un grand secours, mais s'ils se mettent dans le crâne de ne pas parler, vous ne parviendrez pas à leur faire ouvrir la bouche.

– On verra! Je vous fiche mon billet, Massieu, que si je pose des questions, on devra m'y répondre! Et d'abord, pourquoi vos types de Blanzépy refuseraient-ils de m'aider?

– Si vous ne leur êtes pas sympathique...
– Vous vous foutez de moi, Massieu?
– Non, Chef.
– Alors, cessez de proférer des inepties. Demain matin, départ à 8 heures pour Blanzépy.

A Blanzépy, les esprit s'échauffaient. Il y avait ceux qui auraient engagé leur part de Paradis sur la culpabilité des Salagnon – qui auraient tellement maltraité le Pépé que le pauvre vieux, malade, se serait enfui et serait mort en chemin –, et ceux qui croyaient le couple incapable d'une semblable monstruosité. Toutefois, tous étaient d'accord pour regretter le Pépé et juger sévèrement le renvoi de la Marie Courate, qu'on avait appris par le curé auquel elle était venue confier son désarroi. A tel point que le prêtre avait cru nécessaire d'aller visiter Rose Salagnon pour se renseigner sur la Courate et la prier d'avoir un peu de compassion pour l'infortunée. Très mal reçu, le brave homme était revenu de la Molette complètement désemparé. A ceux qui l'interrogeaient, il s'était contenté de répondre :
– Une maîtresse-femme qui ne vous envoie pas dire ce qu'elle a sur le cœur, mais je ne pense pas qu'elle soit habitée par l'esprit de charité.
L'aventure fut ébruitée dans tout le village et Louise Tupins, apprenant la chose, affirma à qui voulait l'entendre que si les Salagnon jetaient dehors la malheureuse Courate, c'est qu'ils ne tenaient pas à garder près d'eux une qui en savait trop sur le Pépé et son triste destin. Dès lors, la tension monta dans Blanzépy, au point qu'on crut tout de bon que Rose Salagnon et Louise Tupins allaient en venir aux mains le jour où le hasard les fit se rencontrer chez l'épicière. Plusieurs heures après l'incident, Amélie – la dite épicière – n'était pas encore remise de ses émotions, et comme

chaque fois qu'elle racontait l'incident elle y ajoutait un petit quelque chose, les derniers à être renseignés auraient pu croire qu'une bataille mortelle s'était déroulée parmi les légumes et les boîtes de conserve entre la maîtresse de la Malblanche et celle de la Molette. Quand on lui demandait d'en parler, l'Amélie commençait par fermer les yeux, reprendre une haleine d'ordinaire un peu courte et se lançait :

– J'étais en train de mettre du sucre et du riz dans le panier de la Louise quand voilà l'autre qui s'amène. Pour bien marquer que la patronne de la Malblanche l'intéressait pas, elle a dit : « Bonjour, Amélie. » Moi, j'y réponds, comme de juste, vous savez ce que c'est, quand on est dans le commerce, faut être poli avec tout le monde, pas vrai? Bien sûr, la Louise, elle a renâclé devant l'affront et elle s'est mise de la partie. « Tu reçois quand même du drôle de monde, Amélie », qu'elle me fait. Moi, j'y dis rien. Elle insiste : « Fais attention qu'elle aille pas coller du sang sur ce qu'elle touche... Paraît que quand on a assassiné quelqu'un, le sang, il est long à quitter les mains. » Vous me croirez si vous voulez, mais je savais pas où me fourrer. Vous connaissez la Rose, hein? c'est pas une demi-portion. Elle s'avance près de la Louise : « Peut-être que vous tenez à ce que je vous la colle sur la figure, ma main, vieille chouette, vous pourrez vous rendre compte? » La maîtresse de la Malblanche a reculé un peu et, d'un coup de pied, Rose a envoyé rouler son panier dont le contenu s'est répandu sur le plancher. La Louise en était suffoquée. Pendant qu'elle se penchait pour ramasser ses affaires, en injuriant la Rose, celle-ci lui a flanqué sa galoche dans le cul, avec tout le respect que je vous dois, et la Louise, elle est allée s'étaler dans les pommes de terre et les oignons. Il a fallu que j'aide la Tupins à se relever, pendant que la Salagnon sortait, en rigolant.

Naturellement, lorsque le Louis apprit l'agression dont sa femme se plaignait d'avoir été victime, il empoigna son fusil et se dirigea vers la Molette. Il eut le tort de répondre à ceux qui l'interrogeaient sur sa route qu'il allait régler son compte au Pierre et de se mettre ainsi dans son tort. De l'épaule, il ouvrit la porte de la cuisine où Rose et la Courate disposaient le couvert. A sa vue, la petite poussa un cri qui alerta son patron travaillant dans la grange. Il rappliqua en vitesse et tomba dans le dos de Tupins.

Ce jour-là, le Louis Tupins encaissa la plus belle râclée de son existence. Il fallut qu'ils s'y collent à deux pour le ramener chez lui tant il était en piteux état. Meurtri, humilié, le maître de la Malblanche jura qu'il s'en plaindrait aux gendarmes, lesquels n'avaient plus rien à lui refuser depuis qu'il était devenu leur auxiliaire.

Ce fut dans cette atmosphère surexcitée qu'éclata comme une bombe l'annonce du meurtre du Pépé.

Marius Estivaux lâcha la nouvelle au café Champmillon où il apportait le courrier. Il y avait là, en plus du cafetier et du facteur, Taponnat le menuisier, Rougnac le maçon, François Tupin le cantonnier, Paul Tupin le boucher, et le maire. Prenant son temps, vidant le verre que le patron lui avait offert, Estivaux s'adressa aux autres.

– Vous êtes au courant pour le Pépé?

Tous les visages se tournèrent vers lui. Il prit son temps avant de déclarer :

– Paraîtrait que le Pépé, il est pas mort du cœur.

Taponnat, le plus impatient, s'enquit :

– Et de quoi il est mort?

– On l'a assassiné!

On aurait entendu voler une mouche dans le silence qui les paralysait après avoir entendu une vérité à laquelle, au fond d'eux-mêmes, ils ne croyaient pas. Champmillon passa sa langue sur ses lèvres qu'un début de cirrhose asséchait perpétuellement et répéta :

– On a tué le Pépé?

Caractère aimant la précision, Rougnac voulait en savoir plus.

– Comment on l'a tué?

– A coups de bâton.

– Bon Dieu! gémit le maire.

Il fallait qu'une histoire aussi moche arrive à Blanzépy alors qu'il était à la mairie... Toujours soupçonneux, le boucher siffla :

– De quelle façon t'es au courant, Marius?

– Par le journal.

Ils se précipitèrent et quand ils eurent découvert l'article à la rubrique de la montagne, Taponnat – qui avait été en classe jusqu'au brevet – lut à haute voix ce que le journaliste avait écrit. De son doigt déformé par l'outil, il suivait les lignes et trébuchait parfois sur la ponctuation. Il n'avait plus l'habitude.

– « Le Chef Chatonnay et le gendarme Massieu de la brigade de Saint-Avelanche, aidés de la population de Blanzépy, ont découvert, dans la forêt des Chirouzes, le corps d'un octogénaire du village, Antoine Sérézin, dont on était sans nouvelle depuis plus d'une semaine. Contrairement à ce que l'on avait pensé tout d'abord, le vieillard n'avait pas succombé à un arrêt du cœur. Le médecin légiste – le distingué Dr Remomeix – est formel sur ce point : Antoine Sérézin a été assassiné. On lui a fracturé le crâne avec un instrument contondant. On pense à un bâton. Aussitôt informé, M. Saint-

Véran, juge d'instruction, sur demande du Procureur a déclenché, si j'ose dire, les poursuites judiciaires contre X. Le Chef Chatonnay a été chargé de mener l'enquête. Nous lui souhaitons un prompt succès. »

Quand il eut achevé sa lecture, Taponnat se releva et tous les autres se redressèrent avec lui. Ils se regardèrent, ne trouvant pas les mots pour exprimer leur étonnement et leur colère. Enfin, Champmillon se décida :

– Qui a bien pu faire une chose pareille?

Nul ne répondit car ils avaient tous le même nom sur la langue mais aucun n'osait le prononcer le premier.

Elise avait soigneusement découpé l'article relatant le crime de Blanzépy pour le coller dans un petit cahier acheté chez l'épicière sitôt que son mari lui avait annoncé qu'il avait pris l'affaire en main. Elle était résolue à y consigner chaque soir les progrès de l'enquête.

Conduisant la voiture qui les menait à Blanzépy – Massieu et lui – le Chef rêvait d'une gloire éclatante qui le verrait déférer, en moins de vingt-quatre heures, le criminel devant le Juge d'Instruction, un criminel dont il se faisait fort d'obtenir très vite les aveux. Après une pareille réussite, il demanderait son retour dans des pays où Elise souffrirait moins du climat. Il ne pensait pas qu'on pût, alors, le lui refuser. Rendu presque humain par la perspective d'un succès tout proche, Chatonnay s'adressa au gendarme.

– On va terminer ça rapidement, hein, Massieu?

– Ben... ça dépend, Chef.

– De quoi?

– De celui qu'a fait le coup... S'il est malin...

– Massieu! Vous n'allez pas me dire que vous ne connaissez pas le meurtrier?

– Ma foi non, Chef.

– Plaisanter en un pareil moment, Massieu, n'est pas de très bon goût ni très respectueux à l'égard de votre supérieur!

– Chef, je ne plaisante pas... Pour accuser quelqu'un de meurtre, il faut des preuves solides et, pour l'instant, je ne crois pas que nous en ayons?

– Votre naïveté me désarme, mon pauvre Massieu... Nous tenons un suspect, nous avons un motif, il ne nous manque que les aveux.

– C'est ce que je disais.

– Faites-moi confiance, ces aveux ils seront dans ma poche à la fin de la matinée.

Les gendarmes, ayant arrêté et quitté leur voiture sur la place de l'église, ne virent personne, mais ils sentirent qu'ils étaient épiés de toutes parts. Ces regards invisibles leur mettaient des chatouillis dans le dos. Ils traversèrent un Blanzépy désert et quand ils s'engagèrent dans le chemin de la Molette, ils eurent l'impression que le village, délivré, respirait. Puisque les gendarmes se rendaient chez les Salagnon on pouvait exprimer tout haut ce qu'on chuchotait tout bas. Alertée une des premières, Louise Tupins se mit aussitôt en campagne.

Chatonnay et Massieu ne prirent aucune précaution pour dissimuler leur approche. Ils incarnaient la loi et n'avaient pas à se soucier de quoi que ce soit. Où ils se trouvaient se tenait la Justice, se proposant de demander des comptes à un couple qui était peut-être un couple d'assassins.

Respectueux des formes, le Chef frappa à la porte de la cuisine des Salagnon et n'entra que lorsque Rose lui en eut donné permission. En voyant les gendarmes, la patronne crut d'abord qu'ils venaient à la suite de sa querelle avec la Tupins mais, point sotte, elle estima que pour une affaire aussi banale, ils n'auraient pas cet air grave qu'ils affectaient. Le silence de Massieu surtout l'inquiétait. Brusquement, la panique s'empara d'elle et, se tournant vers la Courate, elle lui cria plus qu'elle ne lui ordonna :

– Va chercher le patron!

Marie partit en courant sans que le Chef parut y prêter la moindre attention. Poliment, il s'enquit :

– Pouvons-nous nous asseoir, madame Salagnon? Cela risque d'être long... A moins que vous ne fassiez preuve de compréhension, ce que je ne saurais trop vous recommander.

La Rose ne savait plus où elle en était. Elle hocha la tête en signe d'assentiment et elle crut bien faire de proposer à ses hôtes, lorsque chacun eut prit place, de boire un petit quelque chose. Le Chef refusa sans mettre la moindre amabilité dans son refus.

– Madame Salagnon, je n'ai pas plus envie de perdre mon temps que de vous faire perdre le vôtre. De toute façon, nous arriverons au but, alors autant nous éviter des discussions inutiles et des atermoiements ridicules. Si vous témoignez d'une bonne volonté, exempte de réticence, je puis vous assurer qu'on vous en tiendra compte. N'est-ce pas, Massieu?

– Sûrement, Chef.

Rose ne comprenait pas de quoi ils parlaient mais elle n'osait pas avouer son ignorance de peur de passer pour idiote.

– Qui c'est qui me tiendra compte et de quoi?

– Les juges, pardi!

– Les juges!... Quels juges?

– Ceux de la Cour d'Assises.

– La cour d'Assises, c'est quoi?

– Là où l'on juge les criminels.

– Et pour quelle raison, j'irais voir ces juges?
– C'est nous qui vous amènerons devant eux, madame Salagnon.
– Ah?... et qu'est-ce qu'ils me feront?
– Ils vous jugeront pour le meurtre d'Antoine Sérézin.
– Qu'est-ce que j'ai à y voir, moi?
– Vous avez été complice de votre mari! Osez dire le contraire.
– Mais à la fin, qu'est-ce que vous me racontez?
– Je vous demande d'avouer que vous avez aidé votre mari à assassiner le Pépé.
– Vous êtes fous, ma parole! Pierre et moi, on aurait tué le Pépé? Et pourquoi on aurait commis cette horreur?
– Pour le plus vieux des motifs, madame Salagnon : l'argent.
– Taisez-vous! C'est une honte que les gendarmes osent raconter des vilenies sur les gens! Votre uniforme vous donne pas le droit de m'insulter! Encore vous, Chef, vous êtes excusable parce que comme tous les étrangers, vous connaissez rien à nos pays, mais vous, monsieur Massieu... J'aurais cru...
Le gendarme, gêné, s'adressa à Chatonnay :
– Vous permettez, Chef?
Chatonnay haussa les épaules et Massieu répondit à Mme Salagnon :
– Essayez de comprendre ce qui se passe, Rose. Le Pépé n'est pas mort de sa bonne mort, on l'a tué. Qui pouvait en vouloir à ce pauvre vieux au point de le tuer?
– Personne!
– Vous voyez? Je ne vous l'ai pas fait dire... Il faut donc penser que le Pépé a été tué pour une raison autre que la vengeance. Alors, ça peut être qu'à cause de ses sous et ses sous à qui il reviennent?

– A nous, du moins je le suppose.

– Eh oui! Rose, à vous qui êtes ses plus proches héritiers. Dans ces conditions, le Chef estime que vous n'avez pas eu la patience d'attendre que le Pépé s'en aille à son heure et que vous avez hâté sa fin d'un bon coup de bâton sur la tête.

– Mais c'est des menteries!

– Ce n'est pas encore une accusation formelle, Rose, seulement une supposition. Le Chef vous l'a dit : si vous êtes pour quoi que ce soit dans la mort du Pépé, vous auriez intérêt à l'avouer tout de suite. Plus les choses traînent en longueur et plus ce sera mauvais pour vous.

– Je vous répète que c'est pas vrai! Tuer le Pépé, non mais dites, on n'est pas des sauvages!

D'un signe, Massieu fit comprendre à son supérieur qu'il abandonnait la partie et lui laissait le soin de poursuivre l'interrogatoire. Pas fâché de la défaite de son adjoint, Chatonnay reprit :

– Madame Salagnon, pour quels motifs avez-vous annoncé à votre servante que vous la renvoyiez?

– Ça vous regarde pas!

– Oh! madame Salagnon, si vous le prenez sur ce ton, on va aller continuer cette conversation dans les locaux de la gendarmerie! A vous de décider!

– Je peux pas la souffrir, la Courate!

– Vraiment?

– Elle a toujours fait exprès de prendre le parti du Pépé contre moi.

– Ça vous étonne qu'on puisse avoir bon cœur quand on est jeune et aimer un vieillard que ses neveux ne traitaient pas trop bien à ce qu'on raconte?

– Bon cœur? mon œil!... Elle avait espéré que le vieux lui donne je sais pas quoi... C'est une intrigante!

Massieu intervint, placidement.

– Rose, vous êtes en train de dire des conneries, et ça n'arrange pas vos affaires. La pauvre Courate n'a pas plus de cervelle que de fesse et vous ne l'ignorez pas. Alors, pourquoi essayer de la salir? Elle aimait le Pépé parce qu'elle n'a jamais eu personne à aimer dans la vie et que personne ne l'aimait, sauf, justement le Pépé, peut-être... Vous n'avez pas pleuré en apprenant la mort du vieux, Rose, tandis que Marie ne s'est pas arrêtée de pleurer.

– Des manières...

– Dans ce cas, il est regrettable que vous n'ayez pas eu les mêmes, cela aurait moins intrigué le pays.

Chatonnay poursuivit l'offensive déclenchée par le gendarme.

– Vous avez bêtement renvoyé la petite, madame Salagnon, parce qu'elle a toujours été avec vous, parce qu'elle a pu vous entendre échafauder votre sinistre projet. Ce n'est pas elle que vous ne pouvez plus supporter, mais le témoin qu'elle risque d'être à tout moment!

– Non!

– Si! Tant que la Courate sera sous vos yeux, elle vous rappellera le crime que vous avez commis et ça, madame Salagnon, vous ne pouvez pas en supporter l'idée!

– Je vous jure que c'est faux! J'étais jalouse de la Marie. Pierre, il prenait toujours sa défense et le vieux lui faisait que des gâteries, tandis que moi... Pourvu que je travaille, on me demandait pas autre chose... et je dis que c'est pas juste, parce que cette ferme, si elle marche comme elle marche, c'est à moi qu'on le doit, aussi bien le Pépé que Pierre! Je me suis crevée à la tâche pour des hommes qui se foutaient de moi, la voilà la vérité.

– Et vous avez voulu devenir vraiment la maîtresse de la Molette. Dans ce but, vous avez poussé votre mari à tuer le Pépé, tandis que vous, vous vous débarrassiez de Marie. Vous désiriez gagner sur tous les tableaux, Rose Salagnon, mais vous avez perdu!

– Qu'est-ce qu'elle a perdu?

Le Pierre s'encadrait sur le seuil, énorme. Le Chef n'entendait pas lâcher prise.

– Vous n'avez pas à poser de questions, Pierre Salagnon; vous vous contenterez de répondre à celles que moi, je vous poserai!

– Je suis chez moi!

– C'est nous qui sommes chez nous, ici, parce que nous sommes la Loi! Asseyez-vous à côté de votre femme.

Maté, le grand type obéit. Brusquement, après un court silence, le Chef changea de ton. D'un voix doucereuse, il conseilla :

– Il ne s'agit pas de s'énerver. Ce qui a été fait on ne peut pas faire que ce n'ait pas été fait, hein? Maintenant, il s'agit de voir de quelle façon on s'en sortira au mieux. Je ne vous cache pas que pour nous autres, gendarmes, les longues enquêtes, les interrogatoires qui n'en finissent pas, ça ne nous plaît guère. On préfère les histoires qui se terminent vite, à la bonne franquette, comme une partie de belote. J'ai gagné, t'as perdu, et ça y est! Si le truc se complique, il faut appeler les policiers de Clermont et leurs manières ne sont pas les nôtres. Vous avez commis une grosse sottise, tous les deux. Vous devrez la payer parce qu'il n'y a pas moyen que ça soit autrement. Mais il faut tâcher de la payer le moins cher possible, d'accord?

Visiblement, le Pierre ne comprenait rien à ce discours. Il regarda sa femme qui l'avertit :

– Ils te demandent simplement de dire que c'est toi qu'as tué le Pépé.

– Quoi?

D'un élan, il s'était dressé et empoignant sa chaise, il la brandissait au-dessus des gendarmes :

– Répétez voir une chose pareille et aussi vrai que je suis là, je vous casse la tête!

Avec une rapidité de réflexe dont Massieu ne l'aurait pas cru capable, le Chef avait dégainé en braquant son revolver sur Salagnon, annonçant :

– Au moindre geste de votre part, je vous vide mon chargeur dans le corps, vu?

Rose poussa un cri et, agrippant son homme aux épaules, le força à se rasseoir. Sarcastique, Chatonnay s'enquérait :

– Vous y avez pris goût, hein? Il n'y a que le premier meurtre qui coûte, à ce qu'on prétend.

Salagnon, véhément, s'adressa à sa femme.

– Mais à la fin, qu'est-ce qu'il raconte?

Le Chef ne laissa pas à Rose le temps de répondre.

– Vous êtes un violent, Salagnon... Un homme qui ne réfléchit plus quand la colère l'empoigne... Vous avez eu une discussion avec le Pépé et, sans même vous rendre compte de ce que vous faisiez, vous l'avez frappé avec votre bâton. Lorsque vous vous êtes aperçu qu'il était mort, vous l'avez traîné jusqu'à un endroit où vous saviez que personne ne passait plus. Vous espériez que le temps effacerait la preuve de votre crime. A votre place, Salagnon, j'avouerais car vous n'êtes pas de force à lutter avec la justice. Surtout qu'un meurtre commis sans préméditation est assuré de l'indulgence du jury.

La Rose, plus maline que son mari, remarqua :

– Tout à l'heure, Chef, vous affirmiez que Pierre et moi, on avait préparé la mort du Pépé.

– Vous, vous parlerez quand je vous interrogerai!

La femme prévint son époux :

– Méfie-toi, Pierre! Il veut te faire dire des choses et puis après, il t'emberlificotera!

Salagnon n'écoutait rien ni personne. Sa raison bloquée ne parvenait pas à comprendre pourquoi on entendait le persuader qu'il avait tué le Pépé. Chatonnay décida :

– Puisque vous vous obstinez, je vous emmène tous les deux à Saint-Avelanche.

– Et qui c'est qui tiendra la ferme? s'indigna la patronne. Qui c'est qui s'occupera des bêtes?

– Ça ne me regarde pas!

– De quel droit vous nous mettriez en prison?

Le Chef savait qu'en l'absence de toute preuve, il ne pourrait garder longtemps les Salagnon et que le Juge d'Instruction ne goûterait pas un zèle aboutissant à un échec. Il lui fallait se rendre à l'évidence : son offensive d'intimidation avait échoué. Maintenant, il s'agissait de s'en tirer avec les honneurs de la guerre.

– Bon, je veux bien ne pas me montrer trop brutal... Il paraît que la nuit porte conseil. Alors, réfléchissez. Nous reviendrons demain et j'espère que vous vous montrerez raisonnables, sinon c'est la prison. Compris? On s'en va, Massieu.

Ils remontaient vers le village. Le grand air ne parvenait pas à dissiper la hargne de Chatonnay.

– C'est la femme la plus dangereuse, Massieu... Demain, nous prendrons l'homme à part, je suis sûr qu'il craquera vite.

– A moins qu'il soit innocent.

– Innocent? C'est une plaisanterie, Massieu?

La réflexion du gendarme augmenta l'irritation du Chef et lorsque la Louise Tupins, qui guettait sa venue depuis un moment, se précipita vers lui, elle fut fort mal reçue.

– Qu'est-ce que vous voulez, vous?

– Vous dire que Salagnon, il a à moitié assassiné mon mari!

– En voilà une autre! Où est-il votre mari?

– Chez nous, couché... Il est presque mort, le pauvre!

– Pour quel motif l'a-t-on frappé?

– Parce qu'il sait que Salognon a tué le Pépé.

– N... de D...! Conduisez-nous!

Ils foncèrent à la Malblanche. Jamais la Louise se serait crue capable de soutenir un tel train, mais la haine lui donnait des forces insoupçonnées.

Ils trouvèrent le Louis dans son lit. A leur vue, il se mit à geindre.

– Ah! le bandit! ah! l'assassin...! Si je suis pas crevé, c'est pas de sa faute...

Le Chef s'assit sur une chaise près du lit.

– Allez-y, je vous écoute.

Tupins raconta l'agression dont sa femme avait été victime chez l'épicière. Chatonnay donna l'ordre à Massieu d'aller immédiatement contrôler le fait. Le gendarme parti, Louis reprit son récit.

– Je pouvais pas laisser passer un pareil affront sans regimber, surtout que nous sommes des gens respectables. Je suis été chez Salagnon pour lui demander des explications. Au lieu de ça, il m'a foutu une râclée que je sais pas comment j'ai eu la chance d'en sortir vivant. Pour tout dire, il a fait avec moi comme avec le Pépé.

– Vous l'avez pas vu frapper Antoine Sérézin?

– Non, mais ça peut pas être un autre que lui.

– Parce que?

– Parce qu'il est le seul à qui la mort du vieux profite. Il est son neveu. Il héritera, c'est sûr!

– C'est la seule preuve que vous ayez?

– Ça suffit pas?

– Vous vous foutez de moi? Vous vous figurez

que je vais arrêter un homme, simplement parce qu'il hérite de la victime?

Le Chef avait la mémoire courte.

– Reste la tripotée que vous avez reçue... Vous portez plainte?

– Plutôt deux fois qu'une!

– Portez-vous plainte oui ou non?

– Oui.

A cet instant, Massieu entra.

– A votre place, Louis, je resterais tranquille. Chef, il a oublié de vous signaler qu'il est allé chez les Salagnon avec son fusil et qu'il s'est vanté auprès de ceux qu'il a rencontrés de régler son compte au Pierre.

Chatonnay, qui avait l'impression que tout le monde se moquait de lui dans ce sacré village, interrogea le blessé :

– C'est vrai...?

– Je me rappelle plus.

– Je vous avertis que si Salagnon porte plainte, c'est vous que j'arrêterai pour tentative de meurtre.

– Ah! merde! c'est la meilleure!

– Votre nom?

– Mon nom? mais vous le connaissez, Chef, c'est moi qui vous ai fait remarquer à propos du cadavre...

Ce n'était vraiment pas le moment de rappeler à Chatonnay qu'il avait eu besoin d'autrui pour des constatations qui tombaient sous le sens.

– Votre nom?

– Tupins... Tupins Louis. Vous l'avez déjà inscrit dans votre carnet.

– En quoi cela vous regarde-t-il? Un conseil, Louis Tupins : il vaudrait mieux que je ne vous retrouve pas sur mon passage, sinon ça saignera, bon Dieu de bon Dieu!

Les gendarmes s'apprêtaient à monter dans leur voiture quand le maire les rejoignit.

– Chef, vous emmenez personne?

– Pas pour l'instant.

– J'aimerais vous causer.

– Ah?... D'accord, je vous suis.

Ils accompagnèrent le maire jusqu'à sa mairie.

– Voilà, Chef... Y en a qui sont un peu montés contre les Salagnon à Blanzépy... Allez savoir pourquoi... Peut-être parce qu'ils sont pas des enfants du pays... On est méfiant chez nous... Et puis, il y a cette histoire d'héritage... Les jaloux, ça les embête de voir le Pierre et sa femme devenir propriétaires... C'est pas joli, mais on n'y peut rien...

– Pourquoi me racontez-vous...

– Parce que je voudrais pas que vous vous laissiez influencer par les racontars.

– Je ne me laisse influencer par personne, monsieur le Maire. Salagnon est de vos amis?

– Pas plus ni moins que les autres, mais j'ai de l'estime pour lui et je le crois pas capable de tuer quelqu'un, surtout son oncle, qu'il respectait... Voyez-vous, Chef, à Blanzépy, et dans tous les villages, il y a des gens qui ont la méchanceté dans le sang...

– Qui, par exemple?

– Le Louis Tupins de chez qui vous venez.

– Il s'appelle comme vous... Un parent?

– Non, lui il a un s au bout de son nom.

– Il en veut à Salagnon?

– Il en veut à tout le monde. Avec sa Louise, c'est un couple de mauvais.

– Merci pour vos renseignements.

Ils remontaient vers la place du village lorsque Chatonnay s'arrêta brusquement.

– Massieu, je me demande si nous n'agirions pas

sagement en prenant un peu l'air du pays. Ce que nous a raconté le maire est symptomatique. Faudrait quand même pas que nous nous fassions posséder par ces bouseux sous prétexte qu'ils ne peuvent sentir ceux qu'ils continuent d'appeler des étrangers. Le tout est de savoir si la haine de quelques-uns irait jusqu'à essayer de coller un crime sur le dos des Salagnon, un crime qu'ils auraient peut-être commis eux-mêmes?

– Je ne pense pas que cela irait jusque-là, Chef.

– Vous ne le pensez pas, Massieu, mais vous ne pourriez en jurer. Voyez-vous, je suis toujours convaincu de la culpabilité des Salagnon, cependant je n'entends pas commettre une erreur judiciaire ou prêter involontairement la main à quelque complot. Nous allons essayer de nous renseigner.

Massieu s'avoua, avec satisfaction, que si le Chef s'affirmait un casse-pied hors série, il était aussi un honnête homme, ce dont il se sentit bien aise.

Le premier qu'ils rencontrèrent fut le cantonnier. Le François, un grand, dégingandé, qui s'en allait, tout tranquillement, une bêche sur l'épaule, vers le cimetière, car il exerçait aussi les fonctions de fossoyeur. C'était un vieux garçon sans secousse, aimé de chacun et à qui l'on prenait plaisir à payer le canon, parce que serviable comme pas un. Il les salua.

– Ça va, monsieur Massieu?

– Et toi, François?

– On fait aller.

– Chef, je vous présente le cantonnier de Blanzépy, François de la Régine. Au fait, pourquoi de la Régine?

– A cause de ma défunte tante, qui était la sœur de la Benoîte du Paul et qui m'a quasiment élevé. J'avais plus mes parents alors on disait c'est le

François de la Régine. C'est pas plus malin que ça.

Le Chef serra la main du cantonnier.

– Vous connaissez tout le monde, ici?

– Oh? oui... et depuis un bout de temps.

– Dans ces conditions, vous devez être renseigné mieux que personne sur les uns et les autres?

– C'est selon.

– Là, entre nous, entre fonctionnaires, vous pensez que Pierre Salagnon ait pu tuer son oncle pour hériter plus vite?

– Franchement, non, Chef. Je sais que la Rose, elle tondrait un pou pour en avoir la peau, mais d'ici à assassiner le vieux, y a une marge. Non, je crois pas qu'elle soit capable de ça.

– Elle, peut-être, mais son mari?

– Le Pierre? Il fait jamais que ce que sa femme lui commande.

– Eh bien! Je vous remercie. Je note quand même votre nom pour me donner un point de repère.

– François de la Régine, François Tupin pour l'état-civil.

– Encore Tupin?

– Ça s'écrit pareil que le maire mais on n'est pas parents...

Ayant quitté le cantonnier qui repartit de son pas tranquille, les gendarmes poursuivirent leur promenade et entrèrent dans l'épicerie devant laquelle ils passaient. A leur vue, Amélie sentit son cœur battre plus vite. Sûrement que ces messieurs venaient à cause de la bagarre et elle tenta de se remémorer en vitesse qui de la Louise ou de la Rose dépensait le plus chez elle, afin d'épouser son parti. Elle n'était pas encore parvenue à établir son opinion, et donc à fixer son choix, lorsque le chef lui posa sa première question.

– Il paraît, madame Amélie, que vous avez assisté

à une bagarre entre Louise Tupins et Rose Salagnon?

– Mon Dieu, Chef, bagarre est un bien gros mot. Elles se sont dit des choses et puis la Rose s'est énervée, elle a renversé le panier de la Louise Tupins et lui a flanqué son pied dans le... Enfin, vous me comprenez, juste comme elle se penchait, si bien qu'elle est allée piquer une tête dans les légumes. Heureusement que c'était pas dans les œufs. Il y aurait eu du dégât.

– Qui a déclenché les hostilités?

– Je sais pas trop. On sentait qu'elles s'en voulaient d'avant.

– A propos de la mort du Pépé?

– A mon avis.

– Justement, madame Amélie, j'aimerais bien la connaître votre idée?

– Sur quoi?

– Sur le meurtre.

– Je veux pas m'engager.

– Ça restera entre nous. Pour nous aider, Massieu et moi?

– Puisque vous me le demandez, je vous répondrai que dans ces histoires-là, il faut toujours chercher à qui ça profite. Je saurais pas en dire plus.

– En somme, vous ne seriez pas étonnée, si l'on vous apprenait que le neveu est coupable?

– Je trouverais même que ça serait normal... Enfin, c'est pas normal que je veux...

Le Chef la coupa.

– J'ai compris, madame Amélie... et je vous remercie.

Elle minauda.

– Tout le plaisir a été pour moi.

– A propos, donnez-moi votre nom puisque je ne connais que votre prénom.

– Amélie Tupint, pour vous servir, Chef.

– Ce n'est pas vrai?
– Quoi donc?
– Que vous vous appeliez Tupint, vous aussi?
– Attention! nous, c'est avec un T et nous sommes les seuls dans le pays.
Elle en montrait de l'orgueil.
Dehors, Chatonnay, qui avait oublié la déception éprouvée chez les Salagnon, confia à Massieu :
– Une voix pour, une voix contre, nous voilà à égalité.
Ils n'avaient pas couvert cinquante mètres qu'ils se heurtèrent au curé que le gendarme salua avec empressement. On a beau servir une république laïque, on a le droit d'avoir ses opinions. Le prêtre confia ses angoisses aux deux hommes.
– Je me doute bien, messieurs, que c'est cette affreuse histoire qui vous amène dans notre village. Vous me voyez bouleversé. La première fois... Seigneur! Quels comptes me seront demandés? Le pauvre enseignement que le mien puisque je n'ai pas pu empêcher Caïn de tuer Abel... Avez-vous des soupçons sur le monstre qui a osé...?
Tout en le fixant par-dessous la visière de son képi (il feignait de regarder vers le bas comme s'il était gêné de ce qu'il disait) Chatonnay avoua au curé :
– Pour l'instant, je ne vous cacherai pas qu'il y a de fortes présomptions qui pèsent sur Pierre Salagnon?
– Impossible! C'est un de mes meilleurs paroissiens! Je n'oublie pas qu'il a ramené une âme perdue au sein de notre Eglise... Sa femme était protestante, Chef et, par amour, elle a renié ses erreurs, rejeté l'hérésie! Elle n'y est jamais retombée, c'est un cœur solide!
– Et sec.
– Pardon?

– Si j'en dois juger par son attitude envers la Marie Courate?

– Evidemment, ce qu'elle fait là n'est pas digne d'une bonne paroissienne, mais je ne désespère pas de la faire revenir à de meilleurs sentiments. Au revoir, Chef, au revoir, Massieu.

– Au revoir, monsieur le Curé.

– Soyez moderne, Chef : plus de M. le curé. Appelez-moi Arthème, Père Arthème, ou alors par mon patronyme, Tupin, Arthème Tupin. Je vous salue, messieurs.

Chatonnay tourna vers son adjoint un œil égaré.

– Je rêve ou quoi, Massieu?

– Pardon, Chef?

– Il s'appelle encore Tupin, celui-ci?

– Eh oui! Chef, c'est un Tupin de la côte. Celui-là, il doit être un peu cousin avec le maire à moins que ce ne soit avec le François de la Régine.

– Ils ne savent pas quoi inventer pour nous mettre des bâtons dans les roues! De quelle façon voulez-vous qu'on s'y prenne pour mener une enquête dans un patelin où tout le monde porte le même nom? Tenez, oublions que nous sommes de service et buvons un verre. J'en ai bougrement besoin.

– A vos ordres, Chef.

Massieu estima que son supérieur s'humanisait et il se mit à nourrir de grandes espérances quant à l'avenir.

Quand les gendarmes entrèrent, les conversations s'éteignirent aussi brusquement qu'une chandelle qu'on souffle. André Champmillon, craignant que les nouveaux venus ne prissent ce silence pour un affront, s'empressait :

– Chef, puisque c'est la première fois que j'ai le

plaisir de vous recevoir chez moi, permettez-moi de vous offrir un verre.

– Merci. Ce sera un vin blanc-cassis, et vous Massieu ?

– Un vin blanc sec.

Pendant que Champmillon servait ses invités, le Chef s'était retourné et, appuyé au comptoir, regardait l'assistance où, quelques instants plus tôt, le boucher pérorait. Froid comme une lame, Chatonnay remarqua :

– J'ai l'impression, Massieu, que nous dérangeons ces messieurs.

Le plus jeune des consommateurs, Estivaux le facteur, protesta :

– Quelle idée, Chef! On était surpris, un point c'est tout. On s'attendait pas à vous voir arriver. On causait du crime...

Chatonnay avança vers la table où les autres prenaient des airs empruntés.

– Intéressant, ça... Massieu et moi, nous aimons entendre l'opinion de ceux qui connaissent la victime d'un meurtre ou qui... soupçonnent la personnalité du meurtrier... L'un d'entre vous n'aurait pas, par hasard, une petite idée à ce sujet?

D'un commun accord, ils regardèrent le boucher, qui se fut passé de cette soudaine mise en vedette.

Le Chef sauta sur l'occasion.

– Vous, monsieur le boucher?

L'interpellé se passa la langue sur les lèvres.

– Ben... c'est-à-dire... on causait... n'est-ce pas... et forcément, on s'intéresse à la mort du Pépé et on voudrait bien deviner quel est le salaud qui a fait le coup !

– Et vous ne voyez pas qui cela pourrait être?

– Ma foi... (Il chercha des yeux ses copains dans

l'espoir d'une aide qui ne se manifesta pas.)... Je veux accuser personne...

– Mais voyons!

Le boucher se mit à transpirer.

– Cependant, on peut pas s'empêcher de remarquer que ce sont les Salagnon qui vont hériter et que ça arrangera drôlement leurs affaires...

– Et comme le temps leur durait d'entrer en possession de leur héritage, ils ont précipité les événements et tué le vieux.

– J'ira pas jusque-là...

Chatonnay prit un ton doucereux.

– Mais si, mais si... un petit effort et on y est. A ma place, vous passeriez les menottes à Salagnon?

– S'il le mérite, hein?

Le Chef vida le verre qu'on lui avait servi, puis, après s'être délicatement essuyé la bouche avec un mouchoir dont la blancheur faisait honneur aux qualités de ménagère d'Elise Chantonnay, il demanda au boucher :

– Je suppose que vous n'avez jamais hérité de personne?

– Moi? Oh! si... De mes parents d'abord et puis de ma tante d'Yssingeaux, une sœur de mon père.

– Vous l'aviez assassinée?

Le saugrenu de la question immobilisa chacun sur sa chaise ou derrière le comptoir et le boucher demeura la bouche ouverte. Massieu pensa qu'il ressemblait à une grosse carpe jetée sur le rivage de l'étang et cherchant désespérement l'air qui lui manque. Chatonnay répéta :

– Vous l'aviez assassinée?

– Mais, Chef! c'est pas... pas croyable que... que vous me disiez des... des choses pareilles!

– Pourquoi?

– Mais, j'ai jamais tué personne!

– Et Salagnon?

– Salagnon ?
– Il avait déjà tué quelqu'un pour que vous l'accusiez d'avoir occis le Pépé sous prétexte qu'il en héritait ?
– Non, je crois pas...
– Dans ces conditions, un avis à suivre : n'accusez pas à tort ou à travers parce que les dommages et intérêts ça existe, figurez-vous, monsieur... Monsieur...? Non, attendez, laissez-moi deviner, vous vous appelez Tupin ?
Le boucher rassuré s'épanouit en un large sourire.
– Tupin Paul, Tupin du Creux, quoi... Comment vous le saviez, Chef ?
– Pas difficile.
Chatonnay porta un doigt à la visière de son képi.
– Au revoir, messieurs, et merci pour le verre, patron.

Tandis que cette scène se déroulait à l'intérieur du café Champmillon, Clémence Dizimieu, fausse veuve du Pépé, entrait dans Blanzépy suivie de son fils Roger, un grand dadais de seize, dix-sept ans qui, à première vue, semblait ne s'être jamais remis d'avoir une pareille maman. Ceux qui les virent passer pressentirent qu'il allait y avoir du vilain et le Jean Taponnat, qui avait fait son service dans la marine à Toulon, assurait que ce couple de la mère et du fils le faisait songer à un gros navire auquel serait attaché une barque.
Les Salagnon cassaient la croûte en compagnie de la Courate lorsque la porte s'ouvrit sous l'impétueuse poussée de la Dizimieu qui, du seuil, les bras croisés sur la poitrine, gueulait dans un mouvement d'indignation réelle :

– Alors, on se gêne pas à ce que je vois? On me mange mon bien!

Et se tournant vers son fils, elle ajouta d'une voix empreinte tout à coup d'une infinie tristesse :

– Tu vois que je t'avais pas menti, Roger, et le monde que c'est! Ils attendent même pas que mon pauvre mari il soit refroidi pour essayer de nous dépouiller!

La Courate, terrorisée, n'osait plus respirer. Pierre Salagnon, qui n'était pas habitué à réfléchir vite, ne comprenait absolument pas la scène se déroulant sous ses yeux. Un moment vaincue par l'arrivée fracassante de celle qu'elle tenait pour leur ennemie numéro 1, Rose fut ramenée à la réalité lorsque Clémence parla de son mari. Elle se dressa d'un trait.

– Votre mari, espèce de gourgandine? Vous manquez pas de culot! et où c'est qu'il vous a épousée, le Pépé, bougre de traînée de foire?

La Dimizieu ne pouvait pas se laisser insulter de cette façon sans risquer de perdre le respect de son fils, lequel s'était rapproché de la Courate et lui faisait des petites manières. Clémence s'avança à la rencontre de son adversaire qui venait à elle. Deux galères royales prêtes pour l'abordage.

– D'abord et d'une, si M. Antoine Sérézin et moi on était pas passé devant le maire et le curé c'est tout comme! Ensuite et de deux, j'ai pas de compte à rendre à une créature de votre sorte que rien que de la voir, ça vous soulève le cœur!

Bien qu'elle eut atteint la maturité, Rose Salagnon avait gardé son sang vif d'autrefois, du temps où elle se flanquait des râclées quasi quotidiennes avec ses compagnes catholiques pour la plus grande gloire de la messe ou du culte. Elle lui assena une gifle d'une telle force que la Clémence en tomba sur le derrière pendant que sa rivale hurlait :

– Et maintenant, foutez le camp, toi et ton bâtard, avant que je vous envoie rejoindre le Pépé!

Ayant pris le fusil accroché au-dessus de l'âtre, elle en menaçait la Dimizieu qui n'arrivait pas à se relever tant la peur lui coupait les jambes. Quant à Roger, il demandait à la Courate :

– Vous descendez pas en ville, toute seule, des fois?

Un fils ingrat.

S'étant péniblement remise sur pied, la Clémence – ayant quelque peu perdu de sa superbe et intimidée par la vue du fusil – menaça :

– Quand on m'aura fait mon droit, je vous foutrai tous à la porte, sans seulement vous laisser le temps de faire vos paquets, bande de voleurs!

Cet imbécile de Roger pria :

– Pas la Marie Courate, maman?

En réponse, ce fut lui qui reçut la gifle que sa mère aurait souhaité expédier à Rose Salagnon.

– Tais-toi, imbécile! et viens! J'ai pas envie d'être tuée par ces gens qui ont déjà assassiné le Pépé!

Le coup de fusil donna l'impression que la foudre était entrée dans la pièce et le bruit des chevrotines s'incrustant dans la porte que la Dizimieu s'apprêtait à franchir, déclencha chez l'ex-maîtresse du Pépé une panique telle qu'elle se mit à hurler à la façon d'un cochon qu'on égorge. En réponse, on entendit l'écho d'une course et les gendarmes – prévenus un peu tardivement par le fils Taponnat– firent irruption dans la pièce où les deux femmes s'affrontaient. La Clémence se jeta dans les bras de Chatonnay en glapissant :

– Sauvez-moi! Ils veulent m'égorger, moi aussi!

Sous le choc, le Chef faillit lâcher le pistolet qu'il avait sorti pour être prêt à toute éventualité et Massieu dut le soutenir. Furieux, il re-

poussa la Dizimieu sans douceur et, sévère, s'enquit :
– Taisez-vous, tous!
Le silence revenu, il s'adressa à celle qu'il ne connaissait pas.
– Qui êtes-vous?
– La veuve.
– La veuve de qui?
– D'Antoine Sérézin, la malheureuse victime de ces deux monstres!
Rose fit entendre un gros rire de mépris.
– Demandez-y donc, Chef, où c'est qu'il l'a épousée cette malpropre, le Pépé?
– Vous, ne vous mêlez pas de ça! et vous, madame vous prétendez être la veuve d'Antoine Sérézin?
– Enfin presque.
– Qu'est-ce que ça veut dire : enfin, presque?
Rose rugit :
– Ça veut dire que c'est une « Marie-couche-toi-là »! et qu'elle était la maîtresse de Pépé, pour lui prendre ses sous!
– C'est vrai ce qu'elle raconte? demanda le Chef à Clémence.
– Si on veut.
– Je ne vous conseille pas de vous payer ma tête! Expliquez-vous et en vitesse!
– D'accord qu'on n'était pas mariés, le Pépé et moi, mais on s'aimait comme si. La preuve c'est qu'il m'a laissé tout son bien.
Ce fut au tour de la Rose Salagnon de pousser un hurlement de bête à l'agonie.
– Menteuse! T'as un papier?
– C'est le notaire qui l'a! et lui, il me fera mon droit! et le jour où je vas m'installer ici avec Roger, ça sera un jour dont vous vous souviendrez, assassins!
– Mesurez vos paroles! intervint Chatonnay. Et

en attendant de revenir ici en propriétaire, sortez!

Clémence renâcla, mais finit par obéir en déclarant :

– Je dis rien, mais j'en pense pas moins.

– Ce que vous pensez, madame, nous est complètement indifférent.

C'était le gendarme Massieu qui, toujours aussi sans secousse, mettait un terme à cette scène scandaleuse en ajoutant :

– Et n'oubliez pas votre rejeton, s'il vous plaît.

Les gendarmes roulaient en direction de Sainte-Avelanche. Le Chef exposa ses vues sur l'affaire Sérézin et à son compagnon et conclut :

– Ce sera peut-être moins facile que je ne l'avais prévu, Massieu. Pour ne rien vous cacher, je redoute un peu la réaction des Salagnon lorsque cette Dizimieu sera mise en possession de l'héritage du Pépé...

– A supposer que ce soit bien elle l'héritière. Parce que, Chef, jusqu'à présent, nous ignorons officiellement à qui vont revenir les terres du Pépé. Peut-être qu'il serait bon de s'en inquiéter auprès du notaire, Me Bauche.

– Vous avez raison, Massieu. Nous nous rendrons au Puy, dès demain.

Puis le Chef Chatonnay s'enferma dans un silence boudeur. Il s'en voulait de ne pas avoir émis, le premier, cette réflexion de bon sens.

III

Lorsque le Chef Chatonnay et le gendarme Massieu se présentèrent à l'étude de Me Bauche, place de la Cadelade, au Puy, ils suscitèrent quelque émoi dans la maison où Juste Moutaret, le premier clerc, les reçut. Le Chef exposa l'objet de sa visite et ses raisons. Le tabellion, petit homme grassouillet, propre comme un sou neuf, ronronnait en écoutant ses visiteurs. D'un geste devenu sans doute machinal, il se frottait les mains l'une contre l'autre, comme s'il se lavait. Sa paupière à demi fermée incitait aux confidences, sa bonhomie inspirait confiance, sa voix onctueuse apaisait les esprits les plus irrités, consolait les chagrins les plus véhéments. Quand Chatonnay eut terminé son exposé, Juste Moutaret prit une pastille de réglisse dans une tabatière en corne du siècle précédent et déclara :

– Messieurs, j'ai le regret de vous apprendre l'absence de Me Bauche qui ne rentrera que dans quelques jours. Il est bien entendu que dès son retour, il se mettra en rapport avec vous. Je n'ai pas licence, quant à moi, d'ouvrir un testament tant que je n'en ai pas reçu l'ordre formel de mon employeur que je ne saurais, pour l'heure, où trouver. Vous m'en voyez navré, mais...

Cette conjonction murmurée après quelques

dixièmes de seconde de silence, retint les gendarmes qui, déjà, se levaient à la façon d'un hameçon. Juste Moutaret prenait visiblement un plaisir extrême à s'écouter et à jouer la comédie.

– Mais... je me rappelle, avec infiniment de sympathie, feu Antoine Sérézin et ses caprices. Il n'avait, en effet, qu'une notion très approximative de la loi en matière d'héritage. Il ignorait ce qui est permis et ce qui ne l'est pas. Il se figurait, le cher homme, que la liberté d'un citoyen consiste à agir comme il l'entend. Nous avons eu bien du mal, Me Bauche et moi-même, à le persuader du contraire. Je ne me rappelle naturellement pas le nom de la personne qu'il a choisie pour héritière, mais je n'ai pas oublié les explications qu'il nous a fournies de son geste.

Le clerc prit son temps, se tut un instant, puis l'œil pétillant, lança :

– Je crois pouvoir vous assurer, messieurs, qu'Antoine Sérézin a laissé son bien à quelqu'un qui ne lui est uni par aucun lien de parenté. Toutefois, je ne me souviens plus s'il s'agit d'un garçon ou d'une fille, en tout cas, c'est une personne jeune.

Baissant pudiquement la voix, Chatonnay s'enquit :

– Un bâtard ou une bâtarde?

Moutaret répondit d'un ton feutré :

– Il ne nous l'a pas confié, mais il est permis de le penser.

Le gendarme Massieu se mit à rire. Son supérieur le regarda sévèrement :

– Eh bien! qu'est-ce qu'il vous prend?

– Je vois la tête du cocu quand il apprendra sa disgrâce!

– Je ne juge pas, Massieu, qu'il y ait quoi que ce soit de risible dans la perspective du malheur d'autrui.

– N'exagérons rien, Chef... Ce genre de malheur,

comme vous dites, ne suscite pas des détresses sentimentales déchirantes dans nos campagnes où l'on n'attache aux choses que l'importance qu'elles ont. Et puis, le cocu, ainsi que l'appelle gaillardement votre collaborateur, recevra sûrement quelques miettes de l'héritage et cela, soyez-en persuadé, pansera ses hypothétiques blessures d'amour-propre.

En sortant de l'étude, Chatonnay expliquait :

– Une histoire pareille arriverait dans mon pays, non seulement le mari trompé étranglerait un peu sa femme, mais il refuserait tout bénéfice payé par son déshonneur! Voilà comment nous sommes, nous, les Méridionaux!

Le gendarme ne parut pas autrement convaincu.

– Ça prouve, Chef, que vous autres vous avez beaucoup d'imagination et pas de grandes difficultés pour vivre.

Chatonnay était encore sous le coup de l'indignation suscitée en lui par la désinvolture de Juste Moutaret et de Massieu à propos du pauvre type qui devait apprendre sous peu son infortune, lorsqu'il pénétra dans son appartement de la gendarmerie de Saint-Avelanche où Elise l'attendait, avec sa gentillesse habituelle. A table, Chatonnay fit confidence à sa femme des révélations du premier clerc de Me Bauche, et, à son tour, Elise se mit à rire, ce qui stupéfia son mari.

– Je trouve curieux, je dirai même indécent qu'une aussi lamentable aventure puisse te divertir!

– Ecoute, Marcel, vois donc les choses sous un autre jour! Imagine ce qui va se passer à Blanzépy quand on annoncera officiellement que M. X ou M. Y est co...

– Elise!

– Mon chéri?

– De pareils mots dans ta bouche! je me demande vraiment ce qui t'amuse dans la détresse d'un homme qui ne se doute de rien pour le moment et sur qui le malheur est suspendu!

– Je crois, Marcel, que tu exagères un peu, non?

– J'exagère! alors, tu te figures que si l'on venait m'apprendre que tu m'as trompé...

– Impossible!

– Qu'est-ce qui est impossible, je te prie?

– Que je puisse envisager de tromper un homme comme toi!

– Pourquoi donc?

– D'abord parce que je t'aime, ensuite parce que je n'aurais jamais pu rencontrer un homme capable de me faire t'oublier, ne fut-ce que quelques instants, mon chéri.

Grave, convaincu, Chatonnay répondit simplement :

– C'est vrai.

Pendant que ce dialogue idyllique se poursuivait à la gendarmerie, un petit drame se jouait à Blanzépy. Rose Salagnon, qui n'avait pas digéré l'insolence de la Dizimieu, s'était montrée, après le départ de l'intrigante, d'une humeur exécrable. Elle avait affolé Marie Courate par ses reproches, ses exigences, et Pierre, qui avait voulu prendre la défense de la petite, s'était fait rembarrer. La servante avait eu, alors, la malencontreuse idée de gémir :

– Du temps du Pépé, on m'aurait pas traitée comme ça!

La Rose s'était emportée et, à moitié folle de colère, avait hurlé :

– On n'y est plus au temps du Pépé, espèce de

feignante! et maintenant qu'on est débarrassé du vieux, c'est de toi que je vais me débarrasser! Pierre, règles-y son compte et qu'elle foute le camp!

La Marie avait pleurniché.

– J'ai point d'endroit où aller!

– C'est pas mon affaire!

Salagnon tenta en vain d'apaiser son épouse.

– Tu devrais réfléchir, Rose.

– Pierre, de deux choses l'une : ou elle s'en va ou je pars! Choisis!

– Le Pépé l'aimait bien...

– Justement! je veux plus entendre parler de ce vieux saligaud ni de cette mijaurée!

Et voilà pourquoi, vêtue d'une méchante robe de quatre sous, enveloppée d'un manteau noir un peu juste pour elle et dont le col en lapin montrait de tristes râpures, coiffée d'un petit chapeau qui lui restait sur le sommet de la tête, tenant d'une main une valise fermée par une corde, de l'autre son parapluie, Marie Charavines – qui ne serait plus désormais Marie Courate – prenait le chemin de l'exil. Par honte, elle avait évité de traverser le village. Elle ne voulait pas qu'on se moque de sa détresse. Elle ignorait que l'opinion était pour elle contre les Salagnon, à cause de l'héritage. En passant près du cimetière où travaillait François Tupin, le cantonnier, elle s'arrêta. Elle aimait le Tupin de la Régine presqu'autant qu'elle avait aimé le Pépé, parce que le François il lui avait jamais dit de mauvaises paroles. Appuyé sur le manche de sa bêche, le déjà vieux garçon demanda :

– Où tu t'en vas, comme ça, la Marie?

– J'sais pas.

– Tu sais pas?

Elle haussa les épaules et éclata en sanglots qui secouaient sa trop mince silhouette. Tout ému, le

François abandonna sa bêche pour se rapprocher de la petite.

– Eh ben! quoi? Qu'est-ce qui te prend?

En deux hoquets, elle apprit au cantonnier que Rose Salagnon l'avait flanquée dehors. François grogna :

– Celle-là, elle a la méchanceté dans le sang... Tu connais pas un endroit où te rendre?

– Chez les bonnes sœurs, au Puy.

– C'est pas une solution. Qu'est-ce que tu veux qu'elles fassent de toi, les bonnes sœurs? Tu penserais pas à devenir nonne, des fois?

Elle sourit à travers ses larmes.

– Si personne veut de moi, c'est encore là que je serai le plus tranquille.

Elle attendit un commentaire qui ne vint pas et se décida.

– Faut que j'aille...

Il la retint par le bras.

– Marie... Je suis pas riche, je suis pas bien beau et je suis pas de la dernière couvée... J'ai personne sur cette terre, à part les amis... mais les amis... ça suffit pas toujours.

Il s'arrêta et la Courate s'impatienta :

– Pourquoi tu me racontes tout ça...?

– Parce que t'es malheureuse et comme moi, je me sens pas tellement heureux, si tu pouvais passer sur ma pauvreté, ma figure et mon âge... ça fait beaucoup, hein?

– Si je pouvais?

– Peut-être que t'accepterais de devenir ma femme?

Elle n'en croyait pas ses oreilles.

– Ta femme pour de bon?

– Pour de bon.

– Mais... je viens de l'Assistance.

– Et puis après?

Elle baissa la tête pour murmurer :

– Faut que je te dise, François, quand je me regarde dans la glace de la patronne, je m'aperçois que je manque de tout ce qui plaît aux hommes.

– T'en auras toujours assez pour moi et si t'as pas beaucoup de tête, moi j'ai pas une gueule à faire pâmer les demoiselles.

– Je te trouve pas si mal que ça.

Ils se sourirent et, la voix un peu rauque, le Tupin de la Régine s'enquit :

– Ma proposition, qu'est-ce que t'en penses?

– Elle me plaît bien.

– Alors... tu seras ma femme?

– Je serai ta femme.

– Viens.

Il la prit par la main pour aller dire au curé qu'ils voulaient se marier et le village stupéfait, amusé, puis ému, regarda ces deux mal fichus, ces deux laissés pour compte, marcher comme s'ils avaient le soleil dans le cœur et le ciel dans les yeux.

Du même coup, on sut à Blanzépy que la Rose Salagnon avait jeté Marie Courate à la rue et que le François entendait prendre cette dernière pour femme. Les commères épousèrent d'emblée le parti de la petite, parlèrent durement du manque de cœur de cette Rose qui n'était pas de chez eux et s'apitoyèrent sur le Pierre qui n'était même pas capable de commander dans sa maison. Le renvoi de Marie permettait d'exprimer à haute voix la rage animant tous ceux qui ne pardonnaient pas aux Salagnon d'hériter du Pépé. On disait, sans se gêner :

– Si le vieux était encore là, elle oserait pas se conduire de cette façon!

Rose Salagnon commit la maladresse de se rendre chez l'épicière à l'heure où les ménagères de Blanzépy aimaient à s'y rencontrer. Dès qu'elle fut entrée, les conversations se tarirent d'un coup et Rose en demeura interdite. Dans le silence, la Benoîte Tupin, celle du boucher, demanda :

– Amélie, tu connaîtrais pas des fois une place pour une pauvre gosse bien courageuse que sa patronne a foutue à la porte parce que sa présence lui rappelait des choses qu'elle préfère pas se rappeler?

Entrant dans le jeu, l'épicière feignit de se creuser la tête.

– Tu me prends de court, Benoîte... Mais je chercherai... En tout cas, tu pourras annoncer à ta protégée que si elle sait pas où aller, elle peut rester ici, elle couchera avec la Josette... C'est pas parce qu'il y en a qu'ont pas plus de cœur qu'une semelle de soulier qu'on doit tous agir de même, pas vrai?

La Rose sentit bouillir dans ses veines une de ces colères qui la poussaient aux plus regrettables extrémités. Elle fit un effort pour se calmer et déclara d'une voix que la fureur faisait tout de même trembler :

– Je pense pas que j'aie à demander à personne la permission d'agir chez moi, à mon idée?

Gilberte Tupin, la femme du maire, émit une opinion pleine de sous-entendus :

– Chez toi, c'est vite dit!

Qu'on touchât à son rêve de propriétaire, Rose ne pouvait pas le supporter. Elle fonça sur la mairesse.

– De quoi elle se mêle, celle-là? et à qui d'autre il aurait laissé son bien, le Pépé, sinon à ses héritiers légitimes?

Faussement inquiète, l'Amélie soupira :

– Allez savoir ce que ces vieux ont dans la tête.

– On le saura quand le notaire aura ouvert le

testament et ce jour-là, vous fermerez vos becs, bande d'envieuses!

Alberte Champmillon se mêla à la bagarre.

– Tu le prends de bien haut, ma fille!

– Je le prends comme ça me plaît et celles à qui ça ne plaît pas, vous devinez ce que je leur réponds! et si vous voulez savoir pourquoi je me suis débarrassée de la Marie Courate, c'est parce que c'était une pas grand-chose qui fricotait peut-être bien avec le vieux!

Un oh! scandalisé s'exhala, à l'unisson, de toutes les robustes poitrines des Blanzépinoises dont Jeannette Estivaux, l'épouse du facteur, se fit le porte-parole.

– Vous devez être une rude dégoûtante pour raconter des saletés pareilles sur une pauvre fille qu'a personne pour la défendre!

La grosse voix de Louise Tupins lui répondit du seuil où s'encadrait l'épaisse silhouette de la maîtresse de la Malblanche.

– Tu te trompes, Jeannette, elle a quelqu'un maintenant, la Marie, et c'est le François de la Régine qui la prend pour épouse. C'est pas un patient, celui-là, et s'il apprenait qu'on dise du mal de sa fiancée, ça pourrait faire du vilain.

Après son algarade avec les femmes, Rose, rentrée chez elle, s'était couchée avec une forte fièvre. Elle n'ignorait pas qu'avec son caractère sanguin, les colères ne lui valaient rien, mais c'était plus fort qu'elle. Elle but une bonne tisane de bourrache et, s'en étant remise à son mari du soin de s'occuper de tout, elle s'efforça de dormir et d'oublier les méchancetés de ces commères dont elle savourait d'avance la déception lorsqu'on lirait le testament qui la verrait devenir officiellement maîtresse de la Molette. Un moment, un léger remords à propos de la Courate lui chatouilla l'esprit. Elle l'écarta en jugeant que puisqu'elle avait trouvé un mari, il n'y avait vraiment plus de quoi la plaindre. Elle finit par s'endormir, le sourire aux lèvres, en songeant à son triomphe prochain.

Son réveil devait être plus amer. D'abord, le Pierre, à son tour, faisait une mine d'un pied de long parce qu'il lui fallait assurer le travail de la Courate renvoyée, ensuite le facteur goûta un malin plaisir à entrer chez les Salagnon, bien qu'il n'eût point de courrier pour eux et à leur demander :

– On vous a rapporté la nouvelle?

A la mine réjouie de ce Marius Estivaux qu'elle ne pouvait souffrir, Rose pressentit un malheur et une grande main froide lui serra le cœur.

– Non, qu'est-ce qu'il y a?

– Paraîtrait que le Pépé, il aurait fait un enfant à quelqu'une de par ici.

Rose ne pouvait plus déglutir.

– ... quelqu'une que le mari se doute pas qu'il en porte depuis si longtemps... On raconte que cet enfant, il aurait dans les dix-huit, vingt ans.

Pierre, plus lent à comprendre que sa femme, s'enquit :

– Qui c'est?

– On le sait pas encore, mais ce qu'on sait, c'est que cet enfant de l'amour et du péché, il est l'héritier du Pépé.

Régis Tupin, le maire, n'avait pas pu tenir sa langue. Chatonnay lui avait pourtant demandé le secret et il avait promis, mais comment voulez-vous qu'on ne fasse pas profiter les amis et connaissances d'une pareille nouvelle? Parce qu'il lui fallait continuer son enquête, le chef était venu poser des questions au maire sur les femmes que le Pépé aurait pu fréquenter quelques vingt années plus tôt.

On avait bien dû lui expliquer pourquoi et le Régis avait commencé par rigoler comme un bossu et se tapant sur les cuisses, avait déclaré aux gendarmes que Blanzépy risquait de devenir le village le plus célèbre de la Haute-Loire avec cette histoire de cocu. Sèchement, Chatonnay avait remarqué que les choses pouvaient s'aggraver car, au fond, si le Pépé était sûr d'avoir fait un enfant à une femme du village, il n'était pas certain qu'il se soit souvenu exactement de qui il s'agissait. Le Chef comptait donc sur le dévouement discret de Régis Tupin, pour lui apprendre si quelque dix-huit ou vingt années plus tôt, le Pépé n'aurait pas serré d'un peu trop près quelqu'une de Blanzépy.

– Parce que, comprenez-moi bien, monsieur le Maire, on n'a pas pu tuer le Pépé pour autre chose que son héritage. Il n'avait pratiquement jamais d'argent sur lui et, à son âge, il n'y a plus de motif de querelle suffisant pour justifier un meurtre, n'est-ce pas? Donc, il nous faut en revenir à la seule conclusion logique : on a tué le Pépé pour s'approprier son bien. De ce fait, il est obligatoire qu'il soit tombé sous les coups d'une personne qui possède un droit légitime ou paralégitime sur l'héritage. Jusqu'ici, on pouvait penser que les neveux étaient les seuls coupables possibles, mais cette histoire de testament remet tout en question. Le Pépé a-t-il averti le bénéficiaire de son legs ou la mère de ce dernier? Le père a-t-il été mis dans le coup? A-t-on décidé, en famille, tout en mangeant la soupe, de faire passer le Pépé de vie à trépas pour hériter plus vite? Toutes les hypothèses sont à envisager et je compte sur vous, encore une fois, monsieur le Maire, pour trier les bonnes des mauvaises.

Bien embêté, le Régis Tupin. Sans doute, il y avait de quoi amuser dans cette aventure mais prendre la responsabilité de désigner quelqu'un à l'attention des gendarmes, ça ne lui disait rien du tout, d'autant plus qu'il ne voyait pas de quel jeune de Blanzépy le défunt aurait pu être le père. Il avouait au Chef, nerveux, l'impossibilité où il se trouvait de se porter à son secours, lorsqu'un souvenir, lui traversant l'esprit, le rendit muet. Chatonnay s'en aperçut.

– Ah! ah! ça y est! vous vous rappelez quelque chose, hein?

– Ma foi... Y aurait bien cette vieille histoire de la Philomène Taponnat.

Le Chef frétillait.

– Allez-y! je vous écoute...

– Ça restera entre nous?

– Vous avez ma parole de gendarme!

– Eh ben... y a comme qui dirait une vingaine d'années... à peu près... on a beaucoup parlé de la Philomène... Le ménage marchait mal... ça, tout le monde le savait... On chuchotait que l'Albert et sa femme, c'était comme chien et chat... Alors, on n'a pas été étonné quand le bruit a couru qu'elle fréquentait... des gosses l'avaient vue, attendant dans le bois... D'autres prétendaient l'avoir rencontrée au Puy avec un homme qu'était pas son mari et je t'en dis et je t'en raconte... Bref, on pensait que tout allait tourner au vinaigre, lorsqu'un jour voilà le Taponnat qui s'amène au café et annonce fièrement :

– Je paie une tournée, la Philomène est enceinte!

Son contentement faisait plaisir à voir. Le mal du ménage tenait à ce que depuis cinq ans qu'ils étaient mariés, Albert et sa Philomène, ils pouvaient pas avoir de petit. Bien sûr, vous savez ce que c'est, on a rigolé dans son dos quand Albert a été parti, mais depuis, on a oublié et le Taponnat serait le premier surpris si on venait prétendre que le Jean n'est pas son fils.

– Quel âge ce garçon?

– Dix-huit, dix-neuf ans...

– Où le trouve-t-on, ce Taponnat?

– C'est le menuisier. Après l'église, vous tournez sur votre gauche.

– Merci et... silence, hein?

– Vous pouvez compter sur moi, Chef.

Lorsque les gendarmes se retrouvèrent en dehors de la mairie, Massieu s'enquit poliment :

– Je peux présenter une observation, Chef?

– Je vous écoute.

– Voilà... Je crois qu'on va trop vite.

– Expliquez-vous!

– Le clerc de Me Bauche nous a dit seulement qu'il pensait se rappeler que dans le testament du Pépé il était question d'un jeune qui héritait.

– Et alors?

– Il n'a jamais été fait mention d'un enfant naturel, Chef. C'est le clerc et vous-même qui avez avancé cette hypothèse.

– Parce qu'elle coulait de soi.

– C'est pas sûr.

– En somme, Massieu, si je vous comprends bien, vous n'êtes pas d'accord avec la démarche que je juge nécessaire de tenter auprès de ce menuisier peut-être assassin?

– Franchement, non, Chef.

– Bref, vous me critiquez, Massieu?

– Avec votre permission, Chef!

– Soit... mais je n'aime guère les hypocrites, Massieu, tenez-le vous pour dit. Et répétez-vous que si c'est moi et non vous qui portez les galons que je porte, il y a certainement une raison.

– Sans doute, Chef.

– Et cette raison, Massieu, tient peut-être au fait

qu'on m'a jugé plus instruit, plus intelligent que vous.

– Il y a des chances, Chef.

– Dans ces conditions, ne vous mêlez donc pas de ce qui vous dépasse et perdez cette habitude de critiquer ce que vous ne pouvez comprendre.

– A vos ordres, Chef.

Albert Taponnat était un grand bonhomme maigre à qui une barbe poivre et sel donnait un aspect prophétique. Il portait une chevelure abondante, une moustache épaisse et de cette forêt pileuse sortait un regard aigu mettant toujours mal à l'aise ceux sur qui il le fixait. Un brave type qui n'avait qu'un défaut : il aimait les sous comme pas un et l'on murmurait que sa maigreur tenait à ce qu'il se privait de manger pour économiser l'argent de sa nourriture.

Lorsque les gendarmes poussèrent la porte de son atelier, Albert rabotait une planche de sapin. Il n'interrompit pas son travail et répondit par un grognement étouffé au salut des nouveaux venus. Taponnat se méfiait des représentants de la loi depuis qu'il avait été surpris, à l'âge de quinze ans, en train de pêcher des truites à la main, ce qui lui avait valu une solide râclée de la part de son défunt père obligé de payer le procès-verbal. Albert n'avait jamais pardonné aux gendarmes les coups reçus.

– Albert Taponnat?

– Soi-même.

Chatonnay redoutait par-dessus tout qu'on lui manquât de considération et l'indifférence du menuisier commençait à l'irriter sérieusement.

– Vous avez bien un fils prénommé Jean?

Du coup, Albert témoigna d'une légère inquiétude.

– Oui, qu'est-ce qu'il a fait?

– Rien. Quel âge a-t-il?

– Dix-neuf ans à la Saint-Michel. Pourquoi?

– Monsieur Taponnat, j'ai des questions très délicates à vous poser... Auriez-vous un endroit où nous pourrions bavarder tranquillement sans risquer d'être entendus?

Maintenant, Albert ne jouait plus les farauds. Les précautions réclamées l'intimidaient.

– Le fils est allé livrer... Philo fait ses courses, on peut pas être mieux qu'ici.

– Ce sera comme vous voudrez... Voilà... Monsieur Taponnat, le bruit court qu'Antoine Sérézin aurait rédigé un testament où il ferait son héritier un enfant qu'il aurait eu avec une femme mariée, de Blanzépy, voici une vingtaine d'années.

Albert regardait le Chef avec des yeux ronds.

– Et en quoi ça me regarde?

– C'est là que la chose devient délicate... extrêmement délicate.

– Ah?

– Monsieur Taponnat, nous nous sommes laissé dire qu'il y a une vingtaine d'années, ça n'allait pas bien fort entre vous et votre femme?

– Et ça intéresse qui, cette histoire?

– Peut-être la Loi, monsieur Taponnat... Parce qu'on nous a également soufflé qu'à cette époque, Mme Taponnat aurait eu un bon ami...

– N... de D...!

Le menuisier s'était dressé d'un jet et avait empoigné un marteau. Massieu le calma :

– Fais pas le couillon, Albert, ou on t'embarque.

– Alors, je dois laisser insulter ma femme par un gendarme, chez moi!

Froid, le Chef rectifia :

– Je ne cherche pas du tout à vous insulter, monsieur Taponnat, seulement à savoir, car il s'agit d'un héritage : la Molette, les terres qui en dépendent et peut-être de l'argent chez le notaire.

– C'est pas une raison pour m'annoncer que j'ai été cocu!

– Vous ne l'avez pas été?

– Bien sûr que non! Si la Philo m'avait trompé je l'aurais foutue à la porte, aussi vrai que je suis là!

– Avec son enfant?

– Mais, mille tonnerres de Dieu, cet enfant c'est le mien!

– Ce n'est pas ce qu'on pense à Blanzépy.

– L'opinion des autres, ça me laisse froid.

– Parfait. Nous vous avons fait perdre votre temps et nous avons perdu le nôtre par la même occasion. Excusez-nous.

Rendu à la solitude de son atelier, Taponnat resta longtemps perdu dans un rêve où sa pensée s'annihilait. Le bruit de la porte de la cuisine que Philomène poussait en entrant, le rendit à la réalité. Il bondit, se présenta devant son épouse ahurie à une vitesse dont elle le croyait incapable depuis bien des années; mais avant qu'elle n'ait pu articuler un mot, il lui fonçait dessus et lui flanquait une tripotée dont ni ses protestations d'abord ni ses cris ensuite, ne purent interrompre le cours. Quand, enfin, Albert s'arrêta hors d'haleine, la Philo gisait sur le sol aux trois-quarts assommée. Lorsqu'elle reprit un peu ses esprits, elle gémit :

– T'es devenu fou?

– Garce! Alors, tu m'as trompé, hein?

L'indignation donna à l'épouse la force de se relever.

– Moi? et avec qui, espèce de menteur!

– Avec le Pépé!

– Le Pépé? Le pépé Sérézin? mais t'es maboul, mon pauvre!

– Il y a vingt ans!

– Qui c'est qui t'a raconté ces menteries?
– Les gendarmes!
– Les...
Le menton de Philomène lui tomba sur la poitrine. Que les gendarmes se mêlent de sa vie privée, lui paralysait l'entendement.
– Mais de quoi ils s'occupent, ceux-là?
– De nos affaires à ce qu'il semble! A cause de toi, tout le monde va se foutre de moi et on dira que le Jean, il est pas mon fils!
Une pareille perspective renvoya Philomène au sol où elle pleura en bramant un désespoir que rien ne semblait devoir arrêter.
– Le Jean... Notre Jean... Y a plus de Bon Dieu... pour qu'on puisse colporter des choses pareilles...
Touché, le menuisier aida sa femme à se relever.
– Philo, je t'ai peut-être cognée trop vite... C'est pas vrai, hein? Le Jean, c'est bien mon fils?
– Je te le jure sur sa tête! On a eu des brouilleries nous deux, mais jamais j'ai été avec un autre... Je me suis toujours respectée! et que t'aies pu penser le contraire, ça me crève le cœur...
Maintenant, le remords gênait la respiration d'Albert. Il prit la Philo dans ses bras, lui mit une grosse bise sur chaque joue et lui demanda pardon d'avoir douté de sa vertu. Rassérénée, elle pardonna et, magnanime, ajouta :
– Puisque le Jean rentre pas pour déjeuner, je vas te préparer quelque chose que t'aime bien... Une omelette au jambon et des bolets à la crème. Et puis on débouchera une bouteille de vin vieux.
Regagnant son atelier, Taponnat estimait qu'il avait une femme comme il n'y en avait plus et il ressentait une grande honte d'avoir osé l'accuser.
Ayant repris son rabot, Albert – tout en travaillant – repensait à ce que lui avaient annoncé les gendar-

mes au sujet de cet héritage. Un enfant qui serait du Pépé... Bien sûr, si on le découvrait, celui qui passait pour son père jusqu'à présent il aurait pas le beau rôle, c'est sûr... Seulement, la Molette, les terres et l'argent chez le notaire, ce serait une belle compensation... Comme ça, pour se distraire, Taponnat se mit à évaluer ce que cet héritage représentait en bons billets pareils à ceux qu'il cachait au grenier.

Philomène se sentait particulièrement fière du repas qu'elle avait préparé pour son époux afin de sceller leur réconciliation. Pourtant, Albert ne semblait pas l'apprécier. Sans doute mangeait-il de bon appétit, mais il ne parlait pas et elle éprouvait un certain dépit de n'être pas félicitée ainsi qu'elle s'y attendait. Soudain, le menuisier ayant bu un coup, s'essuya les moustaches d'un revers de main et déclara :

– Tu sais, Philo... pour ce que je t'ai crié tout à l'heure... j'ai un peu exagéré... J'étais pas si en colère que ça.

La femme montra son visage marqué.

– Si tu avais été vraiment en colère, qu'est-ce que j'aurais pris, alors!

– Quand on travaille seul, on a tendance à se monter la tête... Une supposition que tu m'aurais trompé dans le temps avec le Pépé, hé ben, entre nous, quelle importance ça aurait aujourd'hui?

– Mais je t'ai juré...

– D'accord! c'est seulement une supposition... pas plus. Je voulais simplement te dire que si tu me confiais là, tout de suite, à la bonne franquette, que tu m'as un peu cocufié jadis et que le Jean pourrait bien être le fils du Pépé, parole d'homme je t'en voudrais pas... Ce qui est fait est fait et pendant vingt années t'as été une assez bonne épouse pour que je te pardonne un écart de conduite.

Elle n'avait plus envie de manger. Elle ne comprenait plus rien à rien. Tout à l'heure, Albert voulait presque la tuer et voilà que c'est tout juste s'il la féliciterait pas au cas où elle aurait été avec un autre et introduit, de ce fait, un bâtard dans sa maison!

– Je t'ai juré, Albert, que...

– Bon, bon, parlons-en plus, seulement t'as tort de pas avoir confiance, un point c'est tout.

– C'est pas une question de confiance, à la fin!

– T'énerve pas, Philo, à quoi ça sert? Tiens, je vais ajouter une chose : t'aurais été avec le Pépé et tu me serais revenue, j'en aurais été fier!

Abasourdie, elle demanda :

– T'aurais été fier d'être cocu?

– Parfaitement, si ça m'avait permis d'avoir un fils comme Jean alors que moi j'en aurais pas été capable.

– Mais le Jean, c'est ton fils!

– T'en es bien sûre?

– Et comment que j'en suis sûre! J'ai jamais connu un autre homme que toi!

– C'est vrai que t'as toujours été un peu gourde!

A son tour, Philomène s'emporta :

– Et il faut que j'entende ça! Un homme qui reproche à sa femme de se conduire en bonne épouse! Si j'avais su... J'étais peut-être une gourde, mais les occasions m'ont pas manqué et si j'avais voulu...

– Et pourquoi t'as pas voulu, dis, bougre d'idiote?

– Albert! Tu sais plus ce que tu racontes! Tais-toi donc et mange tes bolets!

– Tes bolets! Voilà ce que j'en fais, de tes bolets d'idiote!

Empoignant le plat, Taponnat le balança d'un

bras ferme et, sans tenir compte du hurlement de Philomène, l'envoya s'écraser contre le mur. La malheureuse hoquetait :

– Mais pourquoi? mais pourquoi?

– Parce que si t'avais été la maîtresse du Pépé, on aurait tout, maintenant : la Molette, les terres, les bois, et l'argent chez le notaire! Mais j'ai jamais pu compter sur toi pour m'aider dans cette chienne de vie!

Ulcéré, il quitta la cuisine et rejoignit ses planches et ses varlopes qui elles, au moins, ne le décevaient pas.

Ce qui se passait chez les Taponnat se déroulait dans presque tous les foyers de Blanzépy, tant cette fortune à prendre excitait les appétits et faisait oublier les règles essentielles de la morale chrétienne. Au début, on avait ri de l'histoire contée par le maire et puis, tout d'un coup, au milieu de cette grasse gaieté, Guillaume Rougnac, le maçon, un pas bavard, avait remarqué :

– Ça fait rien, le cocu sera cher payé...

Alors, brusquement, tous, ils avaient oublié la gaudriole pour ne penser qu'à la Molette et aux terres. La plupart avaient des femmes alourdies par l'âge, déformées par les durs travaux de la ferme, et ne ressentaient aucun émoi à l'idée qu'elles auraient pu les tromper. Ils oubliaient, dans leur simplicité, qu'il ne s'agissait plus des mêmes.

Le facteur remarqua :

– Y en a tant qui le sont pour rien...

C'était exactement ce que chacun pensait. Blaise Tupint, l'épicier, approuva :

– C'est bien vrai!

Le maire, un peu inquiet de la tournure que prenait la discussion, voulut remettre les choses en place.

– Tout de même, Blaise, si on t'apprenait que ton Amélie t'a tiré des traits autrefois et que ta Josette est pas ta fille, ça te ferait bien chagrin, non?

– Pour la Josette, surtout... Seulement, la Molette et tout ce qui est autour... ça serait un sacré bon pansement pour mon amour-propre, sans compter que la Josette, elle serait toujours ma fille puisque c'est moi qui l'ai élevée.

Une approbation unanime salua le point de vue de l'épicier, et le maire commença à se demander s'il n'aurait pas été mieux inspiré de tenir sa langue. Il se rendait compte que son histoire mettait d'étranges idées dans la cervelle de ses administrés mâles et que ces idées n'avaient rien à voir avec ce que l'on enseignait à l'école comme au catéchisme.

Quand ils se séparèrent après une ultime tournée, ils échangèrent des poignées de main méfiantes, presque rancunières déjà, chacun se demandant si ce n'était pas l'autre qui était l'heureux cocu, supposé père d'un garçon ou d'une fille qui allait lui permettre de se retirer et d'achever ses jours dans une aisance confortable.

La première qui eut vent de la chose fut Clémence Dizimieu qui s'était installée à Blanzépy – dans la chambre que le maçon louait l'été aux estivants – avec son fils, jusqu'à ce que – racontait-elle – on lui ait fait son droit! Quand elle sut l'affaire par Antoinette Rougnac, sa logeuse, qui la tenait de Guillaume son époux, lequel l'avait apprise du maire avec tous les autres, Clémence crut tout de bon que l'heure de la victoire avait sonné pour elle. Elle se précipita à la Molette.

Rose Salagnon buvait à petites gorgées le verre d'Arquebuse que son mari lui avait servi pour tenter de la remettre de l'émotion éprouvée lorsque

Marius Estivaux avait lâché la nouvelle. Effondrée sur une chaise, hagarde, elle ne cessait de répéter, à la façon d'une litanie :

– Nous faire ça à nous, la vieille canaille... nous faire ça à nous, la vieille canaille...

Du fond de son enfance protestante remontait l'antique hostilité contre les catholiques réputés menteurs et déloyaux. Elle résuma sa rancœur en un opinion fortement exprimée :

– C'est pas chez moi qu'on aurait vu une chose pareille... Dans mon pays, les vieux ils sont honnêtes et ils se font pas servir pour rien pendant des années!

Pierre ne pipait mot. Parce que le Pépé était de sa parentèle, il partageait un peu sa faute et se sentait en partie responsable du malheur qui les frappait. Rose gémit :

– Si c'est vrai, qu'est-ce qu'on va devenir?

Il écarta les bras pour signifier qu'il n'en avait aucune idée. Sa femme lui demanda d'une voix vibrante d'espoir :

– Tu crois pas qu'on pourrait réclamer l'annulation du testament en disant que le vieux était gâteux?

– Il faudrait le prouver.

– C'est pas juste! Il y a des années qu'on se crève à tenir la Molette et pour tout remerciement, on nous fout à la porte!

– Comme t'as fait avec la Marie Courate!

– Ça y est! Je me doutais que tu prendrais sa défense, à celle-là! En tout cas, elle a pas tarder à trouver preneur, cette sainte Nitouche. Paraîtrait que ce grand imbécile de François de la Régine la veut pour femme.

Bon type, Salagnon déclara :

– Sans blague? Eh bien! je suis bougrement content pour les deux... François est un brave garçon et la Marie Courate, je l'aimais bien... C'était un peu notre fille.

– Que tu dis! Je serais pas étonnée que tu sois aussi dévergondé que ton cochon d'oncle!

Pierre leva une main large comme une assiette et menaça.

– Continue, ma Rose, et tu vas y avoir droit.

L'entrée de Clémence Dizimieu suivie de son rejeton interrompit la querelle. A la vue de celle qu'elle tenait pour sa plus solide ennemie, Rose se dressa, digne et assurée.

– Madame, je vous prie de sortir! Des traînées de votre espèce n'ont pas à venir salir le sol d'une maison honnête!

Sous l'injure, Clémence se cabra et sa poitrine, déjà forte, avança d'au moins cinq centimètres en direction de son adversaire.

– La maison est peut-être honnête, madame, mais pas ceux qui l'habitent!

– Sortez!

– Et si c'était moi qui vous ordonne de sortir!

– Vous, madame? Et de quel droit?

– Du droit de la légitime propriétaire. Vous savez la nouvelle, j'espère, madame? Eh bien! voici le fils du Pépé!

Rose sentit un grand froid l'envahir tandis que la Dizimieu poussait devant elle son garçon. Mais la Salagnon n'était pas femme à se laisser abattre par l'adversité. Elle commença par tourner une gifle au gamin qui recula en criant. Sa mère l'attrapa par les épaules et le fit passer derrière elle.

– Alors, madame, il ne vous suffit pas d'être une voleuse et peut-être une meurtrière, il faut encore que vous vous en preniez aux enfants?

Ce coup-ci, ce fut Clémence qui reçut la gifle que Rose lui assena avec une joie mauvaise et une vigueur décuplée par l'amertume et la colère. La

Dizimieu avait eu une existence trop dure pour encaisser sans réagir. Elle se jeta sur la Salagnon à la façon d'un taureau sur la muleta du torero. Atteinte en pleine poitrine par les quatre-vingts kilos de Clémence, Rose s'en fut s'asseoir dans l'âtre heureusement éteint d'où elle ne parvenait pas à se sortir. Riant de ses efforts, sa triomphatrice se campa devant elle, les poings sur les hanches.

– La place est confortable?

Avant que sa femme n'ait eu le temps de répondre, Pierre, d'un maître coup de pied dans les fesses, envoya la Dizimieu rejoindre son épouse. Dès les premiers échanges, le jeune Régis s'était enfui vers Blanzépy en hurlant d'une voix de fausset comme un cochon qu'on s'apprêtait à égorger et qui ne serait pas du tout d'accord. Les gendarmes qui s'apprêtaient à remonter dans leur voiture apprirent que la maîtresse de la Molette et la mère du jeune homme étaient en train de s'entr'égorger. Ils prirent le pas de course. Le spectacle qu'ils avaient sous les yeux, lorsqu'ils eurent poussé la porte de Salagnon, laissèrent les représentants de la loi incrédules. Dans l'âtre, deux mégères se tenant mutuellement par les cheveux, se frappaient, se griffaient, se mordaient, se pinçaient dans un nuage de suie et de cendres. A Pierre qui regardait la scène sans bouger, Chatonnay cria :

– Vous ne pouviez pas les séparer!

– Je sais plus laquelle c'est la mienne.

Le Chef empoigna la première jambe qu'il put attraper et tira de toutes ses forces, imité par Massieu, si bien que ces dames, cottes troussées, furent ramenées à plat ventre jusqu'au milieu de la pièce où les gendarmes les aidèrent à se relever avant de les admonester ainsi qu'il convenait. Naturellement, les deux antagonistes attribuèrent à l'autre l'ouverture des hostilités et s'invectivèrent

farouchement jusqu'à ce que Chatonnay, perdant patience, ordonne :
– Taisez-vous! Vous devriez avoir honte! Je ne veux pas savoir qui a commencé. Une seule chose est certaine, madame Dizimieu, vous êtes venue ici sans y être invitée, je suppose?
– Je suis chez moi, puisque Régis est le fils du Pépé!
– Ça, vous voudrez bien laisser au notaire le soin d'en décider. Pour l'heure, fichez le camp avant que je ne me fâche pour de bon!
– Mais...
– Encore un mot et je vous arrête pour violation de domicile et agression!
Clémence Dizimieu s'en alla en maugréant d'inaudibles injures et le chef s'adressa aux Salagnon :
– A votre place, je ne serais pas fier! De plus, cette violence, madame, est maladroite... Elle peut donner à penser que lorsque vous perdez votre sang-froid, au cours d'une discussion, vous êtes capable de vous laisser aller aux gestes les plus malheureux. Qui me dit que vous ne vous êtes pas disputée avec Antoine Sérézin et que, l'ayant frappé, vous ne l'avez pas tué sans le vouloir expressément?
Rose était trop fatiguée pour exprimer aux gendarmes ce qu'elle pensait d'eux en particulier et de la gendarmerie en général. Elle se contenta de répondre :
– C'est pas vrai... Bien sûr, je le houspillais de temps en temps, le Pépé, parce qu'il y avait des jours où il était insupportable, mais d'ici à le frapper... J'ai été élevée dans une religion où on vous apprend le respect des vieux et l'esprit de charité.
Massieu glissa son mot.
– Et par esprit de charité, vous avez balancé cette

pauvre gosse de Marie Courate bien qu'elle n'eût pas un sou et qu'elle ne sût où aller?

– Une affaire personnelle.

– Qui ne vous donne pas bonne presse dans le pays, madame Salagnon. Vous n'ignorez pas qu'on dit que les cœurs durs sont capables de tout.

Le chef conclut :

– Je ne veux plus entendre parler de quoi que ce soit, à propos de cet héritage dont personne – sauf le notaire – peut dire à qui il reviendra. Sitôt que je connaîtrai l'héritier, j'orienterai mon enquête dans un sens ou dans l'autre. Jusque-là, prenez garde d'oublier que votre mari et vous, madame Salagnon, êtes mes suspects numéro I.

Rose ne réagit pas et se borna à soupirer :

– T'entends, Pierre? On est des assassins, des voleurs, des brutes... toute une vie de travail pour en arriver à ça!

Les poings fermés, les yeux clos, Pierre essayait de ne pas céder au vertige furieux le secouant intérieurement. Les mâchoires crispées, il protesta :

– J'aimais bien le Pépé... Si je trouve avant vous celui qui lui a fait son affaire, je lui casserai les reins.

– Et vous irez en prison!

– Je m'en fous!

– Mesurez bien vos paroles quand vous vous adressez à un homme comme moi! Massieu, voilà une maison où le respect de la loi n'est pas en odeur de sainteté. Si nous ne sommes pas dans l'obligation de les boucler avec une présomption de meurtre, nous devrons les avoir à l'œil.

– Oui, Chef.

– Et vous deux, un conseil! ne m'obligez pas à revenir à moins que ce ne soit pour vous arrêter!

Les gendarmes regagnaient la place de l'Eglise où stationnait leur voiture lorsqu'ils aperçurent Clémence Dizimieu et son fils, mais sitôt qu'elle les vit, la belliqueuse citadine disparut à l'intérieur d'une maison. Chatonnay ricana.

– Je crois, Massieu, que nous leur avons donné une bonne leçon, que tous vont rester tranquilles et que, fidèles à notre devoir, nous repartons en laissant derrière nous un village apaisé.

En quoi, il se trompait.

Au soir, dans toutes les maisons ou presque de Blanzépy les femmes se demandèrent pourquoi leurs maris, dont elle surprenaient les regards fixés sur elles à la dérobée, les épiaient avec autant d'acharnement. Si purs que fussent leurs cœurs, elles se sentaient troublées. Pourtant, en toute sincérité, si elles envisageaient une faute commise et non avouée, elles étaient bien loin de penser à l'amour, mais plutôt au cochon mal soigné ou à de l'argent perdu. La plupart des hommes attendirent de se retrouver seuls avec leur épouse, dans la chambre, pour s'enquérir, d'un ton mi-figue mi-raisin :

– Je t'admirais, tu sais, tout à l'heure, mon Amélie, ou ma Benoîte, ou mon Antoinette... T'as encore de beaux restes et t'es pas dégoûtante à voir...

D'abord surprises, les épouses crurent, dans leur belle naïveté, que le mariage et les grossesses les avaient à peine entamées, que le printemps rendait leurs hommes amoureux, et, redressant des épaules fatiguées pour tenter de redonner un peu de superbe à des poitrines bien lasses, elles se laissèrent aller à de tendres rêveries que trahissaient des sourires souvent édentés, hélas... Sans prendre bien garde à ces tentatives de séduction, les maris poursuivaient :

– Et c'est rien à côté de ce que t'étais quand on s'est fréquenté... Cré dieu! quel morceau de fille tu faisais!

Il y en eut qui se mirent à roucouler, d'autres qui pleurèrent... Elles n'étaient pas habituées... D'autres, enfin, qui plongèrent dans des abîmes de mélancolie en songeant à leurs vingt ans et à la route parcourue que l'on s'imaginait différente lorsqu'on s'y était engagée.

– Ce qui m'étonne, vois-tu, c'est qu'y en ait pas eu d'autres pour te tourner autour?

La plupart, bêtasses, répondaient : c'était pas possible parce que tous savaient que je te voulais; mais il y en avait, les innocentes, pour affirmer avec un rire de gorge :

– C'est vrai que si j'avais voulu...

La voix demeurait en suspens, le ton s'amenuisait en un soupir pour bien laisser entendre que des félicités sans nom étaient promises à celles qui les avaient sacrifiées au devoir conjugal. Les premières se faisaient rembarrer et dans le lit où il se jetait avec hargne, l'époux leur tournait le dos en maudissant le Ciel de l'avoir laissé épouser une pareille sotte. Quant aux secondes, les maris les prenaient dans leurs bras et, sollicitant des confidences sur l'oreiller, chuchotaient :

– Sacrée coquine... T'aurais-t-y pas été avec quelqu'un sous les sapins?

– T'es fou...

– On m'a raconté, autrefois que l'Antoine Sérézin t'avait longtemps tourné autour?

– Le Pépé?

– Ouais... Il était encore pas mal du tout, il y a une vingtaine d'années et je comprendrais que tu te sois laissée aller... J'en serais pas fâché, tu sais... parce que le passé, c'est le passé, pas vrai?

Elles ne comprenaient pas très bien et croyaient à une plaisanterie.

– Ce que tu vas chercher!

– Tiens! tu te confesserais maintenant et tu m'apprendrais que la Josette (ou le Charles ou l'Antoinette) elle est pas de moi, je t'en voudrais pas.

Ça, ça leur dépassait l'entendement.

– Tu m'en voudrais pas?

– Non, et même je te féliciterais!

– Tu me féliciterais de t'avoir fait cocu?

– Parfaitement!

– Ça alors... T'as bu, ma parole?

– Commence pas à me manquer de respect, hein?

– Et toi, tu me manques pas de respect en me reprochant de n'avoir pas été une « Marie-couche-toi-là »?

– Alors, c'est bien entendu? t'as pas été la maîtresse du Pépé?

– Mais non!

Amer, l'époux se retournait sur sa couche en maugréant :

– Ça aurait été trop beau que tu te conduises en femme intelligente!

Et ce soir-là, dans bien des foyers de Blanzépy, des hommes s'endormirent, furieux de n'avoir pas été trompés.

Ayant reçu un coup de téléphone sévère de la part du Juge d'Instruction, qui trouvait que son enquête n'avançait guère, Chatonnay répliqua qu'il était immobilisé par l'absence de Me Bauche. Le notaire connaissait l'héritier de la victime et donc, vraisemblablement son assassin. M. Saint-Véran rétorqua qu'il n'était pas besoin d'un notaire pour mener une enquête et que si d'ici quarante-huit heures, trois jours au plus, Chatonnay n'avait pas obtenu de sérieux résultats, il se verrait dans l'obligation de faire appel à ces messieurs de Clermont-Ferrand.

Le Chef raccrocha, la rage au cœur, et comme il fallait bien qu'il s'en prit à quelqu'un, il apostropha Massieu qui entrait dans le bureau.

– Qu'est-ce que vous fichez-là, vous?

– Pardon?

– Vous devriez être en train d'interroger les gens à Blanzépy! Enfin, je ne peux pas être partout! Vos collègues n'ont qu'à vous accompagner! Il n'est pas besoin que je sois toujours là! A cause de votre inertie, de votre manque d'initiative, Massieu, je reçois des reproches du Juge d'Instruction qui menace de nous dessaisir de l'affaire pour la confier au S.R.P.J. de Clermont! Si je devais encaisser un tel camouflet, Massieu, je vous jure que, vous et vos collègues, vous en repentiriez!

La sonnerie du téléphone mit fin à ce discours. Il s'agissait de Juste Moutaret, premier clerc de l'étude Bauche.

– Allô! c'est vous, Chef?

– Naturellement que c'est moi! Me Bauche est rentré?

– Pas encore.

– Mais qu'est-ce qu'il attend, bon Dieu!

– Il ignore votre impatience, Chef... Je lui en ferai part dès qu'il sera là... Je vous téléphone pour vous préciser un point de détail... Quand vous êtes venus me voir, votre collègue et vous, j'ai confondu le testament Sérézin et le testament d'un autre.

– Et alors?

– C'est cet autre qui a choisi pour héritier un bâtard avec le consentement du père légal.

– Et Sérézin?

– Voilà l'ennuyeux... j'étais absent – une bonne grippe me retenait au lit – lorsque votre bonhomme est venu dicter son testament. Ce qu'il y a dedans, je l'ignore. Il paraît qu'il avait fait jurer le secret à Me Bauche, même vis-à-vis de moi! En tout cas, il s'est présenté plusieurs fois à l'étude et chaque fois que mon patron était absent, il s'en retournait sans mot dire.

– Et le notaire ne vous a jamais rien confié?

– Il avait donné sa parole. Simplement, un jour où il venait de raccompagner votre type à la porte, il a regagné son bureau en riant et m'a lancé au passage :

– Un sacré rigolo, ce vieux!

Quand il en eut terminé avec le clerc, Chatonnay, la mine un peu défaite, se tourna vers le gendarme :

– Je confesse que j'aurais dû vous écouter, Massieu et ne pas tant me presser.

– Du nouveau, Chef?

La mort dans l'âme, Chatonnay dut apprendre à son subordonné l'erreur de Juste Moutaret qui l'avait poussé sur une mauvaise pente. Toute réflexion faite, il ne semblait pas que la vertu des Blanzépinoises dût être soupçonnée, et comme il fallait, quand même, qu'il pût se raccrocher à quelque chose, il conclut :

– Cette rectification restreint le champ des recherches et pour vous avouer mon opinion, Massieu, je ne vois pas comment les Salagnon pourront échapper à l'accusation de crime prémédité.

– Peut-être serait-il sage d'attendre de connaître le testament?

– D'accord. Pour le moment, on va aller rassurer le maire quant à la fidélité de ses ouailles. Heureusement que je lui avais recommandé le secret.

Régis Tupin, le maire, n'avait pas fermé l'œil de la

nuit. Il s'était tourné et retourné dans le lit si bien que Gilberte, sa femme, avait fini par gronder :

– Tu vas pas bientôt t'arrêter, Régis? Tu me donnes le mal de mer comme la fois où on a été au Château d'If.

– J'ai des remords, ma grosse...

– Des remords?

Du coup, Gilberte – le meilleur cœur de la commune dont le seul chagrin en ce monde était de n'avoir pas eu d'enfant, malheur qu'elle attribuait à une complexion généreuse lui faisant friser les cent-quatre-vingts livres dès sa trentième année –, prise d'inquiétude, donna la lumière et penchant sa formidable poitrine vers son homme (à la fois son mari et son fils) ordonna :

– Raconte!

A l'abri de ce rempart mamelu, Régis sentait que rien de désagréable ne pourrait lui arriver. Gilberte se dresserait toujours entre le malheur et lui. Il déborda soudain de tendresse pour cette montagne allongée à ses côtés. On avait dû mettre un second matelas à celui des deux lits jumeaux accolés qu'occupait Gilberte, de crainte qu'en entrant dans le lit, fut-ce avec d'infinies précautions, elle n'envoyât, à chaque coup, son époux au plafond.

– J'ai peur qu'il se passe des vilaines choses à Blanzépy...

– Vide ton sac, Régis, tu sais bien que c'est ce que tu finiras par faire, alors mieux vaut te confesser tout de suite!

Et Régis raconta, aussi bien la visite des gendarmes que le secret confié et divulgué en dépit de la parole donnée, de l'engagement pris. Il rapporta ensuite les étranges réflexions entendues au café.

– J'ai l'impression, ma grosse, que tous ces saligauds-là seraient bien heureux d'apprendre qu'ils ont été trompés et que leur enfant n'est pas d'eux, à condition d'hériter de la Molette!

Lorsqu'il eut terminé son exposé, Régis attendit que Gilberte exprimât son opinion, mais elle gardaït le silence. Finalement, il n'y tint plus.

– Pourquoi tu ne me parles pas?

– Je réfléchis.

– Ah?

– Tous ces hommes sont des dégoûtants et des imbéciles, là-dessus je suis bien d'accord avec toi, mais s'il y en avait un pour qui cette histoire soit vraie, un qui a été réellement cocufié par le Pépé?

– Et alors?

– Admets qu'il ait été au courant?

– Je vois pas où tu veux en venir, ma grosse?

– Celui-là, Régis, pour profiter des biens du Pépé il avait intérêt à ce que le vieux disparaisse avant que son fils ou sa fille devienne majeur... Tu comprends?

Le maire balbutia :

– Tu penses... dans ce cas... qu'il aurait... zigouillé le Pépé?

– Faudrait regarder sur ton registre, les jeunes qui arrivent à leur majorité.

– Pas besoin... Il doit y avoir la Claudia Champmillon qu'est née à l'automne de 51, le Charles Tupin qu'est arrivé pour Noël de la même année. La Josette Tupin est de 53, le Jean Taponnat de 52...

– Ça sert à rien de se mettre martel en tête. Dors. Je verrai M. le Curé et puis demain, c'est l'enterrement du Pépé. On enterrera toute cette vilaine affaire avec lui. Dors, Régis.

Parce qu'il n'avait jamais désobéi à sa femme, Régis s'endormit et sombra presque tout de suite dans un cauchemar où Champmillon aidait Paul Tupin à transporter le Pépé sur son étal de boucher, tandis qu'Albert Taponnat et Blaise Tupint les regardaient faire.

Dans les autres foyers de Blanzépy, on n'avait guère fermé l'œil cette nuit-là. Après un premier geste de dépit qui les avait poussés à tourner le dos à leurs épouses, les maris étaient repartis à l'attaque. Cette fois, au lieu de les persuader qu'elles avaient fauté par faiblesse, ils leur expliquèrent qu'il ne tenait qu'à elle de devenir une des plus riches du pays. Du moment qu'on mettait l'histoire sur le plan matériel, elles comprenaient mieux. Sans doute, il y en eut encore pour faire la fine bouche et parler de leur réputation, ce à quoi on leur répondit que, contrairement au proverbe, ceinture dorée vaut mieux que bonne renommée. La perspective de s'installer en maîtresse – pour le compte de leur enfant, bien entendu – à la Molette, étouffait les scrupules des dévotes, émiminait la honte des prudes, balayait les remords préventifs des honnêtes. Toutes finirent par admettre qu'elles devaient se sacrifier pour la famille.

Les choses se gâtèrent au matin de ce jeudi qui était le jour de lessive pour les Blanzépinoises. Elles se retrouvaient pour la plupart au lavoir communal où, tout en frottant le linge, elles s'en donnaient à cœur joie et s'ébattaient avec délices dans les parlottes et les racontars.

Ce fut l'innocente Jeannette Estivaux, l'épouse du facteur, que son âge avait mise à l'abri des étranges sollicitations auxquelles ses compatriotes avaient succombé, qui déclencha la bagarre sans s'en douter le moins du monde. Elle dit à l'épicière :

– J'ai trouvé que votre mari avait mauvaise mine tout à l'heure, quand je suis allée chercher mon lait. Il n'est pas malade?

– On peut pas appeler ça une maladie... Plutôt des soucis.

– Le commerce va pas?
– Oh! si... Il va même très bien, avec les tournées et tout. (Dieu! que ça la démangeait l'Amélie de leur flanquer la vérité – enfin, presque – en plein dans le museau.) Seulement, il se pourrait qu'on laisse l'épicerie à la petite et que nous, on fasse valoir un domaine...
– Par exemple! dans la région?
L'Amélie ne pouvait plus y tenir! Elle se redressa pour dire d'une voix forte :
– Peut-être pas très loin d'où nous sommes.
Du coup, Benoîte Tupin, Alberte Champmillon et Philomène Taponnat dressèrent l'oreille. La première ricana :
– Faut croire que t'en as gagné, des sous...
– On n'a pas toujours les choses avec des sous.
– Tu voudrais pas parler d'un héritage, par hasard? s'enquit Alberte, hargneuse.
– Et pourquoi que j'en parlerais pas?
Philomène, qui se voyait déjà dépossédée d'un bien mal acquis, prit les autres à témoin :
– Vous allez voir qu'elle va oser dire qu'elle hérite du Pépé sous prétexte que c'est lui qui lui a fait la Josette!
Ironique, l'épicière répondit :
– Comment t'as deviné?
– Parce que je te connais! et c'est pas les mensonges qui te gênent! T'as jamais été la maîtresse du Pépé!
– Qu'est-ce que t'en sais?
– C'est moi qui l'étais! la preuve : mon Jean, c'est franc son portrait!
– Et mon Charles! cria Benoîte! Alors même qu'il a un grain de beauté sur la fesse gauche, juste comme le Pépé!
– Ecoutez-moi toutes ces gaupes! hurla Alberte, déchaînée. Ça veut faire croire que ça pouvait

affoler un homme alors qu'elles ont toujours été moches!

– Tu t'es pas regardée!

– Il a fallu que tu trouves un plein de poux du genre de ton Taponnat pour ne pas rester fille!

– Plein de poux, mon homme? répète un peu pour voir!

– Je vas me gêner!

Pendant ce temps, Amélie et Berthe tentaient, à grands renforts d'injures de plus en plus grossières, de se démontrer mutuellement qu'elles ne possédaient aucun des avantages physiques pouvant retenir un homme.

Des défis, on en vint aux menaces, puis aux coups, et ces robustes matrones, armées de leurs battoirs, se muaient en guerrières redoutables. Jeannette Estivaux jugea préférable de se retirer et de courir chercher du secours.

Chatonnay, qui avait surpris le maire terré dans son bureau comme un lapin sentant venir le furet, expliquait :

– J'ai une bonne nouvelle pour vous, monsieur le Maire, et je n'ai pas voulu tarder à vous l'apporter... Mes renseignements étaient inexacts... Il ne s'agissait pas du Pépé... Enfin, bref, Antoine Sérézin n'a jamais détourné une femme de Blanzépy de ses devoirs...

Régis gémit :

– Trop tard!...

– Qu'est-ce qui est trop tard?

L'irruption d'un gamin dans le bureau évita au Maire d'endurer le supplice de la confession.

– Venez vite! elles se cognent!

– Qui ça?

– Les femmes! et elles se mettent quelque chose!

Il y avait l'admiration du sportif dans la voix du gosse et le Chef, resserrant son ceinturon, qu'il avait légèrement dégrafé pour s'asseoir, ordonna :

– Conduis-nous!

Quand la petite troupe parvint au lavoir, la mêlée était générale, car les maris alertés s'étaient portés à la rescousse de leurs épouses.

De plus, on en profitait pour régler de vieux comptes ou assouvir d'antiques rancunes. L'Amélie faillit crier de joie en voyant l'œil de la Benoîte Tupin prendre d'étranges couleurs avant de s'effondrer elle-même sous un coup assené traîtreusement par derrière. Même la Louise Tupins avait abandonné la Malblanche pour se mêler à un combat ne la regardant en rien. Elle, c'était pour le plaisir, et elle y allait de bon cœur. Les hommes se cognaient dessus sans décoller les pieds du sol et le sang coulait sur les visages. Chatonnay dut tirer deux coups de pistolet en l'air pour arrêter les assauts.

– Vous n'êtes pas fous? Des gens de votre âge? Un scandale! un véritable scandale!

Alberte Taponnat désigna l'Amélie.

– Elle a commencé en prétendant qu'elle avait été la maîtresse du Pépé, alors que c'est moi qui l'étais!

Un grondement jaillit :

– Menteuse!... Vantarde!... Cul de chèvre!... (Chatonnay ne comprit pas très bien cette injure.) C'est moi!... Non, c'est moi!...

– Assez! taisez-vous!

Dans un coin, Blaise Tupint et le boucher continuaient à se battre en poussant des han! de bûcherons! Le Chef les sépara de force, avec l'aide de Massieu.

– Remettez ça encore une fois, une seule fois, et je vous embarque tous les deux! La prison vous calmera!

L'épicier protesta :

– Il dit que c'est lui le cocu, alors que c'est moi!

– Menteur! Crapule! Tu veux me voler mon héritage, hein? Le cocu...

– Silence!

Le Chef était fâché pour de bon. Ils s'en rendirent compte et se turent.

– Ecoutez-moi, tous! Une indiscrétion... (Regard appuyé en direction du Maire qui, confus, baissa la tête.)... malheureuse et erronée.. vous a laissé croire que l'un d'entre vous était le père d'un enfant ne lui appartenant pas en propre... C'est faux! Il y a eu une mauvaise interprétation. Vous pouvez rentrer tranquillement chez vous, vos garçons et vos filles ne sont pas des bâtards!

– Qu'est-ce que vous en savez? cria quelqu'un.

– On veut tripatouiller l'héritage du Pépé! glapit un autre.

Chatonnay s'époumonait :

– Mais puisque je vous répète que c'est une erreur!

Ils lui tournèrent le dos et il comprit qu'ils ne le croyaient pas, parce qu'ils ne voulaient pas renoncer au rêve d'une richesse venant du Ciel bien qu'ayant emprunté des chemins très terre à terre.

Les gendarmes roulaient en direction de Saint-Avelanche lorsqu'ils en virent un qui faisait de grands gestes au milieu de la route. Massieu, qui conduisait, croyant à un accident, arrêta la voiture. Albert Taponnat – car c'était bien le menuisier de Blanzépy – s'approcha de la voiture et, passant sa grosse tête poilue par la portière, déclara :

– Je suis content de vous rencontrer, Chef, ça m'évitera d'aller jusqu'à Saint-Avelanche. Vous me remettez?

– Naturellement. Qu'est-ce que vous voulez?

Bien que le ton rogue du Chef ne fut guère encourageant l'autre lourdaud continua :

– C'est à cause de ce que vous êtes venu me dire hier, rapport à la Philomène, ma femme.

– Tiens, donc?

– N'est-ce pas, sur le moment, ça m'a comme qui dirait, foutu un choc d'apprendre que j'avais été cocu et que j'étais peut-être pas le vrai père de mon fils.

– Et alors?

– Ben, depuis votre visite, j'ai réfléchi... j'ai interrogé la Philo... Oh! ça a pas été tout seul... et pour rien vous cacher, y a fallu que je la secoue un peu, la garce... mais elle a fini par avouer.

– Vraiment?

– Elle a été la maîtresse du Pépé à l'époque que vous causiez.

– Voyez-vous ça!

– J'en ai bien du dépit, mais la vérité c'est la vérité, pas vrai?

– Ce n'est pas nous qui prétendons le contraire...

– Voilà... Mon fils, il est pas tout à fait mon fils, il serait plutôt celui du Pépé. Qu'est-ce que vous dites de ça, monsieur Massieu?

Le gendarme interrogé commença par respirer à fond, puis :

– Ce que j'en dis, Taponnat Albert! C'est que tu es le plus parfait salaud que j'aie encore rencontré.

– Mais...

Pour achever la déroute de l'adversaire, Chatonnay précisa :

– J'ajouterai à la définition véridique quoiqu'un peu familière de mon subordonné, Albert Taponnat, que j'ai bien envie de vous emmener à Saint-Avelanche et de vous déférer devant les tribunaux pour insulte à des gendarmes dans l'exercice de leurs fonctions et tentative d'escroquerie à l'héritage. Allez, Massieu!

Le gendarme démarra avec une telle promptitude que le menuisier dut sauter en arrière pour ne pas se faire écraser les pieds.

IV

Aimée Massieu, une maigriotte à l'œil vif, menait son gros mari par le bout du nez. Le gendarme ne s'en plaignait guère. Après avoir inspiré une certaine appréhension à ses compatriotes tout au long de la journée, il ne lui déplaisait pas de se faire rabrouer et commander par un brin de femme qu'il eût cassée en deux en la serrant un peu trop fort dans ses bras.

Massieu était doué d'un de ces beaux appétits réputés indices d'une conscience sans tache et quand il lui arrivait de bouder la nourriture qu'elle lui préparait avec amour depuis trente ans, Aimée savait que quelque chose ne tournait pas rond.

Ce matin-là, au lieu de son bol de soupe, de son morceau de lard, de son bout de fromage, de son quignon de pain et de sa chopine de rouge, Massieu ne voulut rien prendre d'autre qu'une tasse de café. Son épouse s'inquiéta :

– Tu es malade?

– Je me sens tout patraque.

– Où as-tu mal?

– Nulle part... Vois-tu Aimée, je dois aller à l'enterrement du Pépé et ça me barbouille de penser qu'il y a un infect qui a assassiné ce pauvre vieux et qu'on ne parvient pas à lui mettre la main dessus... Je l'aimais bien, le Pépé. Chaque fois que je passais par Blanzépy, c'était rare que je le rencontre pas... On bavardait un moment... Il en savait des histoires et je crois qu'il n'y en avait pas un de sa force pour s'y connaître dans les bêtes sauvages et les plantes qui guérissent. On allait boire un canon et il me confiait qu'il était pas très heureux chez lui avec sa nièce mais qu'il partait pas parce qu'il ne tenait nullement à vivre à l'hospice ni à abandonner la Marie Courate. Oui, un brave vieux, cet Antoine, mon Aimée. De penser que dans une heure, il sera dans le trou, que son assassin se trouvera peut-être là et qu'il aura le culot de bénir le cercueil, je vois rouge!

– T'as pas la plus petite idée de celui ou de celle qui a fait le coup?

– Tant qu'on connaîtra pas le nom de l'héritier, on est pratiquement paralysé... Bien sûr, tout accuse les Salagnon. La Rose, elle ferait n'importe quoi pour avoir la Molette, mais franchement, je ne vois pas le Pierre tuant son oncle. Il avait une grosse amitié pour lui et il lui passait des douceurs en cachette de sa femme. Un pas méchant bougre, Salagnon.

– Quand je me suis réveillée, tu dormais encore et je n'ai pas bougé pour te réveiller. J'ai repensé à ce que tu m'as raconté à propos des gens de Blanzépy qui se battaient parce que tous revendiquaient le titre de premier cornard du village. C'est à ne pas croire!

– Parce que les histoires de couchage, ça ne les tarabuste guère, tandis que la possession de la terre, c'est autre chose. J'avais pourant averti le Chef de se méfier, de ne pas aller si vite, mais il est persuadé qu'il est le plus intelligent gendarme de France! Si on ne réussit pas à coincer le meurtrier, il faudra appeler les policiers de Clermont et alors l'existence sera infernale, ici!

– Déjà que sa femme, elle me passe à côté comme si elle ne me voyait pas.

Les deux époux convinrent qu'un pareil voisinage et une cohabitation quasi permanente avec le couple Chatonnay avaient de quoi amenuiser les appétits les plus robustes.

A l'étage supérieur, Elise expliquait à son mari que, décidément, les épouses de ses gendarmes ne lui témoignaient pas la considération qu'elle était en droit d'exiger d'elles. Oh! il n'était pas question d'insolences, encore moins de défis, mais d'une politesse glacée presque plus injurieuse que des reproches. Ces dames se réunissaient très souvent chez Mme Massieu et pas une fois on n'avait convié Mme Chatonnay à ces réunions. De plus, il semblait à Elise que chez les commerçants de Saint-Avelanche une campagne sourde était menée contre elle, car elle se heurtait à un mauvais vouloir évident dans les boutiques où elles se servaient et où elle ne parvenait pas à obtenir les meilleurs morceaux toujours retenus par Mme X ou Mme Y.

Le Chef n'écoutait que d'une oreille les plaintes conjugales. Il avait assez de ses propres soucis. Néanmoins, il promit à sa femme de réserver des inspections plus tatillonnes aux commerçants qui ne se conduisaient pas correctement avec elle et lorsque cette affaire de Blanzépy serait réglée, il dirait deux mots à Massieu, aux autres et à leurs légitimes. Pour le moment, Elise devait comprendre qu'il lui fallait réserver tous ses efforts à la découverte du criminel qui avait occis le Pépé.

– Jamais je n'aurais pensé que je serais un jour dans l'obligation de travailler dans un pareil milieu! Des brutes! de vulgaires brutes! Impossible de se faire comprendre. Il n'y a que Massieu pour les trouver sympathiques!

Elise flûta :

– Qui se ressemble, s'assemble!
– Je vais finir par m'en persuader, tu sais... Tu me prépareras mon uniforme numéro 1. Il faut que je leur en impose à l'enterrement, sans compter qu'il y aura peut-être des journalistes du Puy, voire de Saint-Etienne... Alors, il vaut mieux que je paraisse à mon avantage.
– Tu n'auras pas à te forcer, mon chéri...
Chatonnay remercia sa femme en lui embrassant la joue et en lui donnant une tape affectueuse sur le derrière. C'était son côté gamin qu'Elise adorait.

La journée qui devait voir l'enfouissement d'Antoine Sérézin dans sa terre natale commençait donc sous les auspices de tendresses plus ou moins gentiment exprimées. Si Elise Chatonnay, avec ses mines de chatte amoureuse, était de première force en la matière, Aimée Massieu ne se sentait guère portée aux mignardises dont elle estimait avoir dépassé l'âge. Quant à la Marie Courate, elle se montrait d'une inexpérience totale.
En échange d'un abri et de la nourriture, Amélie Tupint l'épicière, faisait travailler Marie du matin au soir. Elle en voulait pour son argent. Guère plus grosse l'une que l'autre, Josette, la fille et Marie, la servante, partageaient la même couche et, la nuit, elle se chuchotaient des confidences qui n'en finissaient pas et que berçaient, le plus souvent alternés, les ronflements de Blaise et d'Amélie. Pour rencontrer son promis, la Courate se levait avant l'aube. Ils se retrouvaient près du cimetière et se contaient leurs misères. Leur manière à eux de se dire qu'ils s'aimaient. Par moments, le grand François s'effrayait des responsabilités qui allaient lui incomber lorsqu'il aurait pris femme et c'était alors Marie qui le rassurait, lui affirmant que tout irait bien et qu'ensemble, ils se débrouilleraient. Ils ne s'embras-

saient pas, d'abord parce qu'ils n'osaient pas, ensuite parce que le mariage leur apparaissait comme une affaire trop sérieuse pour qu'on en perdît les prémices en bagatelles inutiles. Sitôt qu'ils étaient ensemble, ils réfléchissaient, combinaient pour décider de quelle façon ils devraient s'y prendre, une fois mariés, pour ne pas crever de faim. Sans doute François garderait-il sa place de cantonnier, mais s'il dégotait une petite ferme qu'il pourrait exploiter pour le compte d'un de la ville, il abandonnerait peut-être bien son poste. Marie avouait, de son côté, qu'elle préfèrerait travailler chez elle, pour elle, que de faire des ménages et des lessives chez les autres.

– Seulement, François, on n'aura jamais les sous pour s'établir...

– Faudra voir...

Elle se laissait se bercer d'illusions. Pauvre depuis toujours, depuis toujours à la merci de la bonne volonté de ceux qui lui permettaient de vivre, la Courate ne croyait pas à la chance. Elle savait que l'existence serait terriblement difficile pour son mari et pour elle, et pire encore si un bébé venait trop tôt. Cependant, elle ne reculerait pas. Elle avait besoin d'être protégée, de dormir près d'un homme, d'échapper à cette solitude effrayante qui était la sienne depuis sa venue au monde. Une seule fois, elle avait rencontré une affection bourrue avec le Pépé et on l'avait assassiné. Quand elle pensait au vieux qu'on allait porter en terre, Marie ne pouvait s'empêcher de pleurer, alors François la serrait sur sa poitrine en chuchotant :

– Qu'est-ce que t'as la Marie?

– Le Pépé qu'on enterre cet après-midi...

– Il avait fait son temps... Faut y aller dans le trou, tous, à une heure ou à une autre.

– Ça empêche pas la peine et de la peine, j'en ai... Il était si brave...

François de la Régine, homme rude peu enclin aux élans du cœur, ne comprenait pas grand-chose au chagrin de celle qu'il aimait, mais il devinait qu'il devait se taire parce que ce qui unissait le Pépé et la Marie, au-delà de leurs âges, de leurs conditions, était quelque chose de propre, de beau, de solide, quelque chose d'aussi profond que ce qu'il souhaitait sentir s'établir entre sa pitoyable petite femme et lui. Il laissa la Marie pleurer tout son soûl, se contentant de lui mettre sa grosse main sur l'épaule pour bien lui montrer qu'elle n'était plus seule. Le silence de ces deux-là dans l'aube de ce jour triste fut, sans doute, la plus fervente prière que le Ciel reçut pour l'honneur de l'âme du défunt.

Le curé de Blanzépy nourrissait la plus vive estime à l'égard de Gilberte Tupin. Il la tenait pour une femme de bon conseil, pleine de mansuétude pour le prochain. Il appréciait son bon sens autant que sa générosité. Il respectait en elle l'épouse du maire et la femme qui avait su surmonter la disgrâce d'une misère physique qui n'avait point terni son caractère. L'âge ne l'aigrissait pas et elle avait été la première à se porter au secours de la Courate chassée par les Salagnon. Elle avait remis au prêtre les sous nécessaires à la construction d'un humble trousseau. Il ne fallait pas – avait-elle dit – que la petite se mariât comme une pauvresse.

Quand il s'en fut ouvrir à la personne sonnant à la porte de la cure, M. Arthème poussa une exclamation de plaisir en reconnaissant Gilberte.

– Bien chère madame Tupin, quelle bonne idée que d'être venue me voir! Entrez donc et dites-moi vite quel bon vent vous amène?

– Hélas! soupira Gilberte en insérant sa masse

dans une sorte de fauteuil qui, jusqu'alors, avait résisté à toutes les charges – ce n'est pas un bon vent, monsieur le Curé.

– Seigneur! que se passe-t-il? votre cher époux serait-il malade?

– Non. Grâce au Ciel, Régis se porte bien, mais ce sont tous les autres.

– Tous les autres?

Alors, Gilberte raconta comment, pour l'amour de l'argent, les hommes de Blanzépy faisaient fi de la vertu de leurs femmes et entendaient les obliger à se prostituer moralement en les faisant confesser en public des fautes qu'elles n'avaient pas commises.

Le prêtre joignit les mains et gémit :

– Mon Dieu... Et moi qui ne me suis aperçu de rien... J'ai cru qu'il y avait eu une bagarre entre bavardes puis entre ivrognes... Hier, je me trouvais au Puy où Monseigneur m'avait fait appeler... Quand je pense que je lui ai chanté la gloire de ma petite commune dont je louais la vertu à tel point que, dans sa grande bonté, Monseigneur m'a avoué qu'il était plus attentif au bel exemple de foi solide et de respect de Dieu que donnaient les minuscules communautés du genre de la nôtre qu'aux grands élans organisés des cités. Il m'avait consolé à propos du Pépé en m'affirmant que je devais attendre de savoir si le coupable se cachait ou non parmi mon troupeau. Maintenant, ma chère fille, que vous m'avez révélé la soudaine bassesse de cœur, l'immoralité de ceux en qui j'avais confiance!

– J'estime qu'il s'agit d'une crise passagère... Quand on connaîtra le testament du Pépé, les choses redeviendront comme avant.

– Dieu vous entende, ma fille... En tout cas, comptez sur moi pour leur exprimer ma façon de voir.

Reconduisant sa visiteuse, le prêtre l'assurait que

dans son désarroi, l'exemple que son mari et elle donnaient à Blanzépy, lui était d'un précieux réconfort. Juste au moment où il ouvrait la porte, la Benoîte Tupin passait devant la cure. Il l'appela, la fit entrer en même temps qu'il prenait congé de l'épouse du maire.

– Quelque chose pour votre service, monsieur le Curé?

Il fixa la compagne du boucher en silence et celle-ci en fut troublée.

– Si vous voulez me demander quelque chose?...

Alors, il tonna :

– Oui, je veux vous demander quelque chose, Benoîte Tupin, à vous qui portez si mal le beau prénom que vous ont donné vos parrains! Je veux vous demander si vous n'avez pas honte?

Rouge jusqu'aux oreilles, la Benoîte bafouilla :

– Pour... pourquoi que...

– Pourquoi? vous osez me demander pourquoi? peut-être pensez-vous que cela plaît à Dieu de voir sa créature se déshonorer, renoncer à la pudeur, souiller son foyer et renier l'enfant qu'elle a porté dans ses entrailles comme Marie a porté l'enfant Jésus? Vous allez me suivre à l'église, Benoîte Tupin, et vous jurerez devant le Saint-Sacrement que Charles n'est pas le fils de son père légitime! vous jurerez et vous vous précipiterez vous-même dans les flammes de l'enfer si le cœur vous en dit! Damnée! vous entendez? damnée! voilà ce que vous serez si vous poursuivez votre imposture sacrillège! Quant à Paul, il va apprendre de quel bois je me chauffe! Misérables qui sacrifiez votre salut éternel pour tenter de vous approprier un bien auquel vous n'avez pas droit! Je vous excommunierai!

Epouvantée, la Benoîte s'enfuit en bramant à la façon d'un cerf sur ses fins et serré de près par la meute.

Un quart d'heure avant le commencement de la messe célébrée à la mémoire d'Antoine Sérézin, on avait vu les femmes sortir de leurs maisons, ensevelies sous des voiles de crêpe dénichés au grenier. On eût dit que, subitement, Blanzépy n'était plus habité que par des veuves. C'est que chacune tenait, en vérité, à se conduire comme une veuve pour mieux accréditer la fable de l'enfant né du Pépé. Seule, la Benoîte avait refusé d'assister aux obsèques et son mari l'avait traitée de tous les noms, lui reprochant de vouloir les ruiner et de ne pas se soucier de l'avenir de leur fils, ce à quoi la malheureuse avait répondu qu'elle préférait être rouée de coups durant les jours qui lui restaient à vivre plutôt que d'être précipitée en enfer où la perspective d'y retrouver son mari n'était pas une consolation suffisante.

Jusqu'au portail de l'église, elles avaient marché à pas comptés, enfoncées dans un pseudo-chagrin qui les empêchait de prendre tout à fait conscience du monde extérieur, mais, sitôt le porche franchi, cela avait été une véritable ruée où, jouant des coudes, usant de leur poids, elles s'étaient presque battues pour s'installer au premier rang, place normale de la veuve dont on enterrait le compagnon.

Les hommes s'étaient contentés de s'épier les uns les autres et, bien avant l'heure fixée, ils attendaient dans la cour des Salagnon que le moment soit venu de porter le cercueil à l'église. Pour tromper leur attente, ils regardaient, mesuraient, estimaient ce qui les entourait et dont ils espéraient tous devenir les possesseurs en récompense de la mauvaise conduite inventée de leurs épouses. Tous aussi savaient qu'il n'y aurait qu'un gagnant à cette scandaleuse loterie et ils se détestaient mutuellement, chacun considérant l'autre comme un voleur disposé à le dépouiller de ce qui allait lui appartenir. La Rose, qui les épiait à travers la fenêtre de sa chambre où elle finissait de s'habiller, grommelait :

– Regarde-moi un peu toutes ces gueules d'hypocrites, de faux témoins... Ils seraient prêts à nous dévaliser avec leurs menteries si on les laissait faire! Mais je leur montrerai qui je suis. T'entends, Pierre? Si je me retenais pas, j'y ferais péter des coups de fusil dans les jambes de ces corniauds!

Précédé de deux clergeons, le curé entra dans la maison dont il referma la porte au nez des trop curieux. D'accord avec les Salagnon, il décida que le cercueil serait porté par le neveu aidé de trois qui n'étaient pas mêlés à la sale histoire qui déshonorait Blanzépy et, du seuil, il appela Rougnac le maçon, Marius Estivaux le facteur et Régis Tupin, le maire. Puisqu'aucun des prétendants aux biens du Pépé n'était favorisé – à part Salagnon, mais on ne pouvait agir autrement –, les hommes ne protestèrent pas. On se mit en route en chantant des prières. Certains donnaient de la voix à n'y pas croire. On les entendait venir de loin et les femmes, dans l'église, devinant dans ces chants une sorte de défi, se raidirent sur leurs bancs.

Lorsque le cercueil eut été déposé sur le catafalque, le prêtre, avant de commencer l'office, obligea la Philomène Taponnat à céder sa place à Rose Salagnon et Amélie Tupint à donner la sienne à la Marie Courate qui se cachait derrière un pilier. Il l'avait prise par la main et, comme elle s'entêtait à rester dans son coin, il lui avait chuchoté.

– Tu étais peut-être la seule à l'aimer d'un amour pur. S'il nous voit, il sera content de te sentir près de lui...

Un sourd grondement avait empli les poitrines des imposteurs lorsque la Marie, honteuse et tremblante, s'était installée juste devant l'autel. Elle serait la première à jeter l'eau bénite. Elle n'ignorait pas qu'on le lui pardonnerait difficilement.

Le *Dies irae* chanté par un chœur unanime donnait réellement l'impression que le Pépé était pleuré de tous. La dernière génuflexion faite, alors que les porteurs s'apprêtaient à charger leur triste fardeau, le prêtre leva la main :

– Un moment, je vous prie...

On se regarda. Qu'est-ce qu'il lui prenait, au curé? A tous, le temps durait plus ou moins avec cette corvée qui n'était devoir pieux que pour quelques-uns. Il fallait encore gagner le cimetière. Heureusement que, dans le cortège, on peut bavarder et parler un peu des prix des derniers marchés de la région.

– Mes très chers frères, mes très chères sœurs... Celui qui s'en va, dont nous aidons de notre mieux la comparution devant le Seigneur, avait une âme simple et un cœur droit. Sans doute avait-il des imperfections, mais il est difficile, à moins d'être un saint, de parvenir à un âge avancé sans pécher. Je sais que notre vieil ami est mort sans le secours d'un prêtre, mais je sais aussi que si le Seigneur en a décidé ainsi c'est qu'Il jugeait que notre Pépé pouvait venir tout seul jusqu'à Lui. Autrement dit, je puis vous assurer que je ne me fais aucun souci quant aux chances d'Antoine Sérézin d'entrer au Paradis. A la vérité, mes frères, mes sœurs, c'est pour vous que je nourris quelque angoisse. Je vous regarde et je me dis : combien de ceux qui sont là pourront éviter l'enfer?

Une sorte de vague courut dans les rangs des fidèles, ainsi que sur la mer lorsque le vent caresse la surface de l'eau. Il y eut de l'inquiétude dans certains yeux.

– Je ne suis le pasteur que d'un petit troupeau et

c'est pourquoi, plus que vous encore peut-être, je paierai lourdement ma faute de n'avoir pas su vous maintenir dans les voies de Dieu.

Et brusquement, sa voix s'enfla, emplit la petite église pour pousser un véritable cri de détresse en même temps qu'une menace d'un romantisme prophétique.

– Seigneur! Seigneur! Pardonne-moi! Garde-moi ta pitié! J'ai été abusé! Ne me condamne pas!

On ne voyait pas trop à quoi rimait cette scène, mais on ne manquait pas d'en être impressionné et on se mettait à déglutir avec peine, surtout les femmes.

– Mais ô mon Dieu, si Ta rigueur se veut sans pardon, je marcherai à la tête de ce pitoyable troupeau de damnés quand l'heure sonnera du grand réveil et que nous serons déférés devant Ta justice!

A leur tour, les hommes se sentaient gênés et se mirent à se dandiner sur place et à tourner leur chapeau dans leurs mains.

– Car vous serez tous écartés de la face divine, vous qui, par passion du lucre, bafouez Son enseignement! Ce qui a eu lieu, hier, au lavoir, est honteux comme est honteux tout comportement humain dénué de raison, mais ce qui s'est passé, ce qui se passe encore dans vos cœurs est pire! Des hommes ont osé demander à leurs épouses, auxquelles ils se sont unis en présence de Dieu, de passer pour des prostituées! et ces femmes impudiques ont accepté le déshonneur dans l'espoir de grossir leur bas de laine, mais je vous le demande, malheureuses, à quoi vous servira cet argent lorsqu'il vous faudra rendre des comptes à Celui qui nous pèsera dans la terrible et inflexible balance! Et maintenant, nous allons tous ensemble implorer le pardon du Seigneur en espérant qu'Il voudra bien nous écouter...

Le prêtre se retourna vers l'autel (à Blanzépy on n'avait pas adopté les rites nouveaux qui eussent scandalisé les fidèles) s'agenouilla et commença à réciter les litanies reprises par l'assistance.

– Nous allons emmener notre vieux compagnon, Antoine Sérézin, au cimetière et l'enfouir dans cette terre sur laquelle il est né et à laquelle il retournera ainsi qu'il nous l'a été dit.

Les affreuses perspectives que leur avait ouvertes le curé quant à leur avenir dans l'autre monde en assombrissaient plus d'un, tandis qu'ils allaient vers l'enclos où dormaient tous ceux les ayant précédés et auxquels ils adresseraient un petit bonjour ou une courte prière, en profitant de l'occasion.

Le François de la Régine se tenait près de la fosse où l'on devait descendre le cercueil et, de chaque côté de la croix à l'ombre de laquelle reposaient des Sérézin de tous les âges, les gendarmes. Le Chef Chatonnay, raide, glacé, l'œil fixe, était l'incarnation même de la Loi. Ils guettait le meurtrier parmi ceux qui viendraient secouer le goupillon sur le cercueil. Il espérait qu'ils se trahirait par une fébrilité anormale, une peur difficile à cacher et malgré lui, il s'occupait surtout de Pierre Salagnon et de son épouse. Quant à Massieu, affectant de s'intéresser à tout et à n'importe quoi, il les épiait tous, prêt à saisir le moindre mouvement suspect, bien qu'il ne partageât point les espérances de son supérieur, sachant mieux que lui à quel point ces hommes et ces femmes avaient la dureté, l'imperméabilité du granit sur lequel ils vivaient.

Les prières dites, on descendit le cercueil avec des cordes et le papa du maire, dernier représentant des Anciens Combattants de la première guerre mondiale, ouvrit le défilé en inclinant le drapeau tricolore devant la tombe où dormait son vieux camarade.

Tout se serait déroulé normalement si la Clémence Dizimieu n'avait jugé bon de jouer la comédie. Elle poussa son fils au bord du trou en lui disant d'une voix forte :

– Regarde bien, mon petit, la dernière demeure de ton pauvre père.

Un grondement de colère monta de l'assistance et le curé furieux, bouscula la femme et son rejeton, en criant :

– Vous n'avez pas honte?

A l'extérieur du cimetière, ils assaillirent presque Clémence en l'injuriant, en la traitant de menteuse et le prêtre, écœuré, s'éloigna à grands pas en compagnie des enfants de chœur. La Dizimieu tenait tête à ses adversaires.

– C'est la vérité! J'étais servante chez les Sérézin quand le Pépé il m'a mise enceinte! Même que c'est pour ça que sa femme elle m'a donné mon congé! Seulement, on a continué à se voir avec le père de mon petit, jusqu'à sa mort!

Albert Taponnat rugit :

– Qu'est-ce que tu viens nous raconter, sacré bougre de bohémienne! Tu l'avais le petit, bien avant d'entrer en service chez les Sérézin! T'as été à la Molette en 62 et ton fils il est est né en 57!

Amélie Tupint ironisa :

– Si tu te figures qu'on te voit pas venir avec tes gros souliers, ma fille! Tu voudrais y mettre la main sur l'héritage du Pépé, hein? mais faut en faire ton deuil, ton fils c'est pas le sien!

– C'est peut-être ta fille qui est son enfant?

– Ça se pourrait!

En un clin d'œil, les autres s'enflammèrent contre la présomptueuse épicière, parce qu'elles nourrissaient d'identiques prétentions. Les gendarmes, à l'affût, laissaient faire dans l'espoir d'attraper un mot révélateur, un aveu inconscient, une précision dangereuse. Le maire voulut calmer les esprits.

– Allons, cessez de dire des sottises! Vous n'allez pas recommencer comme hier? Quant à toi, Clémence, tu ferais mieux de reprendre le car du Puy le plus vite possible, parce que tu fais qu'amener la zizanie.

On approuva hautement le Régis Tupin. On préférait rester entre soi. Cette unanimité affecta la Dimizieu et lui fit perdre sa superbe. Elle ne fut plus qu'une femme mûre désemparée. Dans l'espoir d'un secours, elle gémit :

– Les hommes de Blanzépy, vous êtes tous des cochons! Vous laissez vos épouses m'insulter alors que vous avez presque tous pris du bon temps avec moi!

Ce rappel ne fut pas du goût de ces dames qui tournèrent vers leurs conjoints, des yeux chargés d'éclairs. Une fois encore, le maire se porta au secours de ses administrés en vue de s'attirer une reconnaissance qui se traduirait par des bulletins de vote portant son nom.

– Clémence, t'es pas raisonnable... Tes folies d'autrefois, elles intéressent personne... Alors, tu devrais te taire et foutre le camp parce que, pour tout te dire, tu nous casses les pieds!

– Je te casse les pieds, hein, Régis Tupin? Je te les cassais pourtant pas, il y a dix ans, quand je te consolais de vive avec une espèce d'éléphant!

Le maire se sentit en équilibre périlleux aux bord d'un abîme sans fond.

– Clémence, t'as tort de...

– C'est autrefois que j'ai eu tort de t'écouter, dégoûtant! Lorsque tu me prenais dans tes bras dans la grange du Pépé, tu me disais pas de foutre le camp... Si j'avais su...

Il y eut des ricanements qui eurent le don de fouetter l'amour-propre de Clémence Dizimieu.

– Mais, je m'en ira pas, bande de lâches! pas avant qu'on connaisse le testament du Pépé qu'a toujours promis de tout me laisser!

Et remorquant son fils, elle fendit la foule pour retourner à Blanzépy. Ceux et celles qui avaient accompagné le Pépé à sa dernière demeure commencèrent à se séparer et à regagner qui le village qui sa ferme dans la campagne. Régis Tupin soupira. Il avait eu peur que les choses tournassent plus mal qu'elles ne l'avaient fait. Le sourire aux lèvres, il s'apprêtait à suivre ses amis lorsqu'on lui tapa sur l'épaule. Il se retourna pour se trouver face à sa Gilberte qui, sans élever la voix, remarqua :

– Des fois que t'allais l'oublier, ton espèce d'éléphant?

– Ecoute, Gilberte...

– Tais-toi! On rentre à la maison. Tu m'expliqueras ce que tu fabriquais dans la grange de la Molette avec la Clémence...

Dans l'appartement du Chef Chatonnay, à la gendarmerie, de Saint-Avelanche, l'atmosphère n'était plus à l'optimisme. Elise osait à peine respirer quand son mari était là et circulait, d'une pièce à l'autre, sur la pointe des pieds. Le Chef enrageait. Il voyait toutes ses illusions s'effondrer, tous ses espoirs s'envoler : il ne résoudrait pas l'énigme du meurtre d'Antoine Sérézin et, la mort dans l'âme, il s'avouait qu'il ne pouvait plus guère attendre pour confesser son échec à M. Saint-Véran et s'incliner devant son inéluctable décision de faire appel aux SRPJ de Clermont. Mais aussi, pourquoi ce bon Dieu de notaire ne rentrait-il pas! Chatonnay demeurait convaincu que le Pépé tué pour des questions d'argent, le nom de son meurtrier était inscrit en toutes lettres dans le testament d'Antoine Sérézin.

Ce qui irritait le plus profondément le Chef c'est qu'il ne pouvait s'en prendre à personne de son échec. Il devait se contenter de montrer une humeur exécrable et de rendre l'existence difficile à tous les gendarmes. Il entra dans le bureau où Massieu recopiait des rapports dans l'intention non dissimulée de trouver quelque chose à redire au travail de la brigade lorsque Massieu prit la parole avant lui :

– Bonjour, Chef, j'allais justement monter chez vous pour vous signaler une nouvelle disparition, et encore un vieux!

– Ce n'est pas vrai?

– Eh si! Chef... Il s'agit d'un nommé Lagraulière, Honoré Lagraulière. Il semble avoir disparu à peu près au même moment que notre Pépé.

– Et on ne le signale qu'aujourd'hui!

– Ça se comprend, Chef, parce que, normalement, il partageait son temps entre l'hospice de vieillards de Saint-Julien-Chapteuil et la maison de sa sœur à Blavozy. On le prenait quand il arrivait, si bien qu'à l'hospice on le croyait chez sa sœur et cette dernière le croyait à l'hospice. C'est en ne le voyant pas venir de plusieurs jours, que Mlle Lagraulière a téléphoné pour savoir si son frère était malade. Ainsi, elle apprit qu'il n'avait pas réapparu à Saint-Julien-Chapteuil depuis qu'il avait annoncé son intention de passer quelques jours à Blavozy.

Mlle Lagraulière était une très vieille demoiselle qui ressemblait un peu à un fruit confit dans l'alcool. Extraordinairement ridée, frêle au point d'être transparente, on pensait, à la voir, qu'elle était sur le point de se briser et de se réduire en poussière. Les gendarmes ne savaient comment parler à cette créature qui n'appartenait pas à leur monde. Ils la laissèrent parler, se penchant de temps à autre, pour mieux entendre cette voix qui semblait venir d'un livre de contes de fée. Elle expliqua que son frère à peine aîné était demeuré un garçon insupportable, incapable de faire preuve de sagesse et qui ne pensait qu'à s'amuser, c'est-à-dire à se rendre au café, à jouer aux cartes, à boire force chopines et à se perdre dans de longues parlottes avec des contemporains, chacun racontant des histoires toutes plus mensongères les unes que les autres. Mlle Lagraulière disait ne pas trop s'inquiéter, car son frère était bien capable d'être allé passer un mois chez des amis de rencontre ayant des sous et s'ennuyant dans leurs fermes où leur argent les faisait respecter, mais où on ne sollicitait jamais leur avis.

– Vous pourriez me citer des noms de ses meilleurs camarades?

– Non... parce que tous ceux que je connaissais et que j'estimais sont morts ou à l'hospice.

– Mademoiselle, savez-vous si votre frère voyait Antoine Sérézin de Blanzépy?

– De l'autre côté du col du Pertuis?

– Oui.

– Je pourrais pas vous dire... En tout cas, il n'en a jamais parlé. Si vous voulez mon avis, je pense qu'il a encore fait une fugue.

– Pourquoi? Il est coutumier de ce genre d'exploit?

– Et comment!

Le bon sens très terre à terre de Massieu fit merveille.

– Pour faire des fugues, il faut des sous. Il en a, votre frère?

– Presque pas, mais justement, la dernière fois que je l'ai vu, il m'a annoncé qu'il allait toucher pas mal de gros billets pour un service rendu à un ami dont il ne m'a pas confié le nom.

En abandonnant Blavozy, Chatonnay soupirait :

– Eh bien! Massieu, nous n'avons plus qu'à attendre qu'on découvre le corps de cet autre vieux et vous verrez qu'il aura été assassiné lui aussi, seulement cette fois, nous connaîtrons le mobile : voler l'argent remis par cet ami mystérieux.

– Et si cet ami était notre Pépé?

– Ça nous amène à quoi?

– Par exemple, la remise d'argent a pu avoir lieu dans un café entre Blanzépy et Blavozy, en présence d'un témoin indiscret qui a peut-être pensé qu'il serait facile de s'approprier d'abord la somme que Lagraulière avait reçue, ensuite celle qu'il soupçonnait le Pépé d'avoir encore dans sa poche.

– Possible... Mais quel service si bien payé Lagraulière avait-il rendu à Sérézin?

– Ça...

– Non, Massieu, croyez-moi, ne nous laissons pas aller à la facilité qui consiste à jumeler les deux disparitions. Je demeure convaincu que la lecture du testament nous éclairera, si Me Bauche veut bien se décider à réintégrer son étude!

Il s'y était décidé, ainsi que l'apprit Chatonnay à la gendarmerie où on lui annonça que Me Bauche, de retour, l'avait demandé et le priait de l'appeler sitôt qu'il en aurait l'occasion.

– Faites son numéro tout de suite!

C'est parce qu'il était imprégné d'un sens aigu de la hiérarchie sociale comme de la hiérarchie militaire que Chatonnay ne reprocha pas au notaire une absence hautement préjudiciable aux intérêts de la justice et aux siens propres. D'ailleurs, Me Bauche se confondait en excuses.

– Chef, je suis sincèrement navré. Mon clerc m'a mis au courant... Pauvre père Sérézin... un personnage si pittoresque... Il ne méritait pas une pareille fin... Amusant avec sa méfiance héritée de loin... Il ne voulait pas que qui que ce soit fut au courant de ses dispositions testamentaires, même pas mon clerc qui, pourtant, avait signé en qualité de témoin ainsi que ma secrétaire, sans lire il est vrai... Figurez-vous qu'il a exigé que ce testament soit lu en public. Alors, si vous n'y voyez pas d'inconvénient, Chef et si vous acceptez de vous charger des formalités, je lirai le testament de feu Antoine Sérézin, demain à 15 heures, dans la salle de la mairie de Blanzépy.

– J'en serais enchanté, maître, car les réactions de certains me mettront peut-être sur la trace du meurtrier.

– Je le souhaite de tout cœur. Antoine Sérézin était une figure attachante et d'une belle indépendance d'esprit.

Quand il eut raccroché, Chatonnay avait recouvré son optimisme initial. Il mit Massieu au courant et conclut :

– J'ai l'impression que demain sera le grand jour! Nous gagnerons, Massieu! Je vous fiche mon billet que nous gagnerons!

Pour célébrer à l'avance sa victoire qui, à ses yeux, ne faisait pas de doute, ce soir-là, Chatonnay but le champagne avec sa femme et à la fin du repas, Elise un peu éméchée, s'assit sur les genoux de son grand homme de mari afin de lui jurer qu'elle était la plus heureuse des femmes pour avoir été distinguée, entre toutes, par quelqu'un comme Marcel Chatonnay.

A l'étage au-dessous, Massieu, qui entendait les échos de cette veillée exceptionnelle, ne pouvait s'empêcher de confier à sa chère Aimée :

– Tel qui rit le samedi, le dimanche pleurera, et

j'ai l'impression que le Chef est en train de vendre la peau de l'ours avant de l'avoir tué.

L'annonce de la lecture publique du testament avait fait l'effet d'un coup de tonnerre dans Blanzépy, qui entra littéralement en transes. Lorsque le maire eut porté à la connaissance de ses administrés que Me Bauche viendrait du Puy pour lire à haute voix, et devant tous, les dernières volontés d'Antoine Sérézin,les esprits se mirent à bouillir. Les Salagnon, la gorge un peu serrée et une sourde angoisse au cœur, énuméraient les raisons que le Pépé avait eues de leur laisser ses biens et comptaient, rapidement, les raisons contraires basées sur des disputes, des rebuffades et autres petites privations infligées au vieillard. La Rose se reprochait une impatience qui n'avait pas tenu compte de ses intérêts. En dépit des admonestations du curé (qui avaient surtout touché les femmes) les hommes souhaitaient secrètement un déshonneur public, mais enrichissant. Quant à Régis Tupin, après la fracassante explication qu'il avait eue avec sa Gilberte à propos de ses rapports passés avec la Dizimieu, il se tenait coi et évitait, autant que faire il se pouvait, le moindre contact avec celui-ci ou celui-là.

Bien avant l'heure fixée pour la séance, la salle de la mairie était pleine. On y avait transporté les bancs de la salle de classe et Clémence Dizimieu y trônait au premier rang, flanquée de son rejeton. Pierre et Rose Salagnon n'étaient séparés d'elle que par Amélie Tupint l'épicière. A 3 heures moins le quart, le Chef et Massieu firent leur entrée et leur présence créa une certaine sensation. Ils prirent place sur les deux chaises que le maire leur avait réservées, et Chatonnay commença à fixer l'assistance comme si c'était un ramassis de hors-la-loi.

A 14 h 55, Me Bauche, précédé de Régis Tupin et suivi de Juste Moutaret, entra dans le silence respectueux de l'assemblée. Il jeta un coup d'œil sur son auditoire et confia à son clerc :

– Il semblerait, mon bon, que nous fassions recette.

Derrière la petite table que le maire avait préparée à son intention, le notaire prit place sur une chaise, son clerc près de lui. Ce dernier ouvrit une imposante serviette, en sortit un maigre dossier qu'il tendit à Me Bauche. Celui-ci posa le document devant lui et se leva :

– Mesdames, Messieurs... Laissez-moi d'abord déplorer les circonstances exceptionnelles qui nous obligent à cette cérémonie... Vous connaissiez Antoine Sérézin mieux que moi, cependant je veux dire que dans notre courte fréquentation, j'ai eu la joie de rencontrer un caractère, ce qui n'est pas banal de nos jours. Tout crime est un déni de justice, mais le meurtre d'Antoine Sérézin est l'injustice de l'injustice! Je pense être l'interprète de tous pour dire à nos vaillants gendarmes si pétris du sens du devoir : nous comptons sur vous pour que le misérable qui a mis si atrocement fin à une existence aussi parfaite que celle de mon défunt client soit bien châtié!

Tout le monde étant d'accord – puisqu'on ne connaissait pas encore le bénéficiare du legs – on applaudit, et Chatonnay inclina gravement la tête en une sorte de promesse solennelle et muette.

Puis, de nouveau, le silence se rétablit et Massieu eut le sentiment qu'une partie de l'assistance se retenait de respirer au moment où Me Bauche prenait en main le testament.

– Selon les volontés ultimes et expresses de mon client Antoine Sérézin, je vais lire ce testament afin que nul n'en ignore. Il est d'ailleurs extrêmement court et ne prête à aucune confusion : « Moi, Antoine Sérézin, veuf de Germaine Podome, je laisse à mon neveu Pierre Salagnon... »

Rose crut que son cœur allait éclater dans sa poitrine et Pierre eut à l'œil une larme de reconnaissance, tandis qu'un sourd halètement montait des travées du public.

– « ...les vingt mille francs qui sont en dépôt chez Me Bauche, mon notaire... »

Rose pâlit. Si le vieux lui léguait vingt mille francs, c'est que le reste... Dans l'auditoire, on commença à se pousser du coude et ce fut au tour de la Clémence Dizimieu de se gonfler, sûre que la suite était pour elle.

– « ... quant à ma ferme de la Molette avec toutes ses dépendances, mes bois et mes champs, en un mot, les terres plantées ou non que je possède au moment où je dicte ce testament, je les laisse en... toute propriété à... »

En acteur consommé, le notaire s'interrompit pour se donner le plaisir d'entendre le souffle rauque de toutes ces poitrines qui venait jusqu'à lui à la façon du flux de la mer sur la plage. Rose en aurait crié et la Clémence mordait son mouchoir.

– « ... à ma fille, Marie Charavines, dite Marie Courate, parce qu'elle est la seule qui m'ait témoigné une affection désintéressée depuis que j'ai perdu ma défunte Germaine... »

Eberlué, Chatonnay regarda Massieu qui riait, heureux comme pas un. Il dit :

– C'était quand même quelqu'un, ce Pépé!

Après le Ah! unanime qu'ils avaient poussé d'un commun élan, tous se retournaient vers le fond de la salle où Marie, encore plus affolée que de coutume, ne comprenant pas trop ce qui avait été annoncé, se cramponnait à la main de son François.

La première, Rose Salagnon reprit ses esprits et ce fut pour crier :

– C'est honteux! Elle est pas sa fille! C'est un mensonge! Elle a pas de droit!

Soudain réconciliée avec son ennemie, Clémence fit chorus, et proclama à haute et intelligible voix qu'il y avait des saintes-Nitouche qui étaient pires que des intrigantes connues pour telles et qu'on voudrait bien savoir ce qu'il s'était passé entre le Pépé et la Marie pour justifier d'aussi scandaleuses largesses. On ne lui donna pas raison, car du moment que l'héritière était la Marie qui n'entrait en rivalité de préséance avec aucune des maîtresse-femmes de Blanzépy, on n'était pas trop déçu et on rigolait du sacré bon tour que le Pépé avait joué aux autres, même s'il fallait se compter parmi ces autres. Poussé par Massieu, le chef se leva et, avec la permission de Me Bauche, s'adressa à l'assistance et plus particulièrement aux Salagnon et à la Dizimieu :

– Je tiens à mettre en garde les personnes qui ne craindraient pas de se répandre en propos injurieux et calomnies sur des tiers. A la demande de ces derniers, nous sommes prêts à dresser procès-verbal des injures proférées.

Cette menace produisit son effet. Rose et Clémence se refugièrent dans les larmes. Toutefois, la Salagnon, plus intelligente que son ex-rivale, n'abandonna pas la partie et répéta au notaire :

– La Marie n'est pas la fille du Pépé! Ou alors avec qui donc il l'aurait eue? On attaquera le testament! Le Pépé n'avait pas le droit de nous déshériter!

Narquois, Me Bauche répliqua :

– Mais, il ne vous a pas déshérités, madame, puisque vous n'aviez aucun droit à l'héritage.

– Nous? Elle est raide, celle-là! On n'est pas ses neveux, peut-être?

– Si, bien sûr, mais la descendance collatérale n'intervient que s'il n'y a pas de descendance directe.

– Le Pépé n'avait plus d'enfant!

– Erreur, madame, je vous répète qu'il a une fille, Marie Charavines, ici présente.

Entêtée, elle hurla :

– C'est pas sa fille!

– Marie Charavines a été légalement adoptée par Antoine Sérézin, il y a trois mois, et j'en ai été institué le tuteur non moins légal jusqu'à sa majorité ou à son mariage. J'ajoute que, selon la volonté du défunt Antoine Sérézin, ce mariage devrait avoir l'approbation de M. Arthème Tupin, curé de la paroisse.

Le prêtre se leva d'un jet pour crier :

– Il l'a!

Puis, se tournant vers le fond de la salle, il dit à Marie et à François :

– Dieu vous bénisse, mes cher enfants! Quant à vous, mes frères, et vous, mes sœurs, admirez l'intervention du Seigneur qui vous a évité de commettre le pire des péchés et réjouissez-vous avec moi que notre cher Antoine ait su – grâce au Saint-Esprit – choisir la plus digne et, de deux malheureux, faire deux heureux!

La Louise Tupins, ravie de la déception de Rose Salagnon et de Clémence Dizimieu, donna le signal des applaudissements.

Blanzépy avait retrouvé son calme. La grande aventure de l'héritage d'Antoine Sérézin était entrée dans l'histoire du patelin et chacun riait de la mine déconfite de son voisin, oubliant de se regarder dans une glace. Sur le moment, on avait été heureux d'apprendre que les Salagnon n'hériteraient pas; puis, peu à peu, on avait murmuré que c'était bien un peu injuste, que Pierre et sa Rose avaient durement travaillé pour maintenir la Molette en état et qu'ils n'en étaient guère récompensés. Sans doute, la Courate se révélait digne d'intérêt et cette fortune qui lui tombait du Ciel allait lui permettre de fonder un foyer respectable avec ce traîne-misère de François de la Régine. En bref, on disait que c'était juste, si on voulait...

A la campagne, les travaux des champs ne permettent guère à ceux qui y sont astreints de s'évader dans des spéculations inutiles. Ce sont là des manières, voire des plaisirs réservés aux citadins. A la façon d'un feu qui ne veut pas s'éteindre et lance encore de courtes flammes alors qu'on le croyait mort, de temps à autre, dans les jours qui suivirent la visite de Me Bauche, on rencontrait des gens pour ricaner :

– Alors, cette affaire du Pépé... croyez-vous, hein?

On répondait :

– Les vieux, ils ont leur malice.

Cela n'allait pas beaucoup plus loin. Le Pépé s'éloignait, commençait à se perdre dans cette ombre épaisse qui semble river le village au passé, à la façon de l'amarre qui retient le navire. Les demeures retrouvèrent leur quiétude d'avant, les hommes et les femmes ne firent plus d'allusion aux incartades hypothétique d'Antoine Sérézin – dont beaucoup cependant avaient prétendu recueillir le fruit – et l'on attendit patiemment ce que les Salagnon allaient décider. Essaieraient-ils de se cramponner à la Molette ou s'en iraient-ils?

Il y avait pourtant des maisons où la fièvre n'était pas tombée. A la Malblanche on ne cessait pas d'évoquer, avec une joie mauvaise, la déconfiture des Salagnon et la Louise se pourléchait en imaginant le moment où Rose ferait ses paquets. Son mari montrait moins de contentement, parce qu'en dehors de leurs querelles, il appréciait Salagnon, un des plus solides et des plus courageux travailleurs du coin. Chez le maire, les violons jouaient un autre air et la grosse Gilberte n'avait pas encore pardonné l'affront subi en public. Elle disait :

– Cette Clémence Dizimieu, n'importe qui lui était bon et il fallait pas avoir de fierté pour aller avec elle... je parle, bien sûr, des hommes qui se respectent... s'il y en a encore.

Le pauvre Régis baissait le nez sur son assiette et ne répondait pas. Quelquefois, Gilberte procédait par allusion :

– Paraît qu'il existe des hommes qu'ont pas de pudeur... t'en connais, toi, Régis?

Le malheureux, gêné, bafouillait dans sa moustache.

– Je... je vois pas ce... ce que tu veux dire?

– Par exemple, des saligauds qui vont se rouler dans le foin d'une grange qui leur appartient même pas, avec des garces! Tu vois toujours pas?

Et ça continuait ainsi, repas après repas. Gilberte savourait une vengeance qu'elle remâchait doucement, précautionneusement, et Régis dépérissait. Elle sut qu'elle était allée trop loin le jour où son mari lui annonça son intention de se démettre de son mandat de maire. Elle faillit s'en étrangler avec la bouchée qu'elle avalait tant la nouvelle l'avait prise de court.

– Tu serais pas fou, des fois?

– En tout cas, je suis sur le chemin?

– Et pourquoi que tu démissionnerais?

– Parce que j'en peux plus! Je mange plus, je peux quasiment plus arriver à dormir... Si ça continue encore, je tarderai pas à rejoindre le Pépé... et puis, merde! J'aime autant...

Indignée, Gilberte protesta :

– Ça te suffit pas de m'avoir trompée, faut encore que tu veuilles me quitter, à présent? T'es donc un vrai malfaisant?

– Tu me fais mourir à petit feu!

– Moi! C'est la meilleure! Dis-donc Régis Tupin, pendant que tu y es, raconte-donc que c'est aussi moi qui me cachais dans la grange de la Molette, hein?

Régis se leva, referma son couteau, le glissa dans sa poche, prit une corde solide destinée à attacher une vache qu'il fallait mener au taureau.

– Où c'est que tu pars?

– Je vas me détruire.

En dépit de son volume et de son poids, elle fut avant lui à la porte devant laquelle elle se planta les bras en croix.

– Je t'avertis, Régis, si tu me fais une chose pareille, je te pardonnerai jamais!

Ils s'observèrent quelques secondes, puis le maire se précipita sur la vaste poitrine de sa femme qui referma ses bras sur lui, certaine de l'avoir arraché à la mort.

A la Molette, c'était la désolation. Rose ne s'arrêtait de pleurer que pour se perdre en imprécations contre la méchanceté du Pépé, l'inutilité de son mari, la rouerie de la Courate, la partialité du notaire, l'incapacité des gendarmes et l'ignominie de la population de Blanzépy qui acceptait sans sourciller ce déni de justice et même s'en réjouissait sous prétexte qu'autrefois, Rose avait appartenu à la Religion. Parvenue à ce sommet sur la courbe ascendante de son désespoir, la nièce du Pépé s'écriait, pathétique :

– Va deviner si c'est pas le Bon Dieu qui me punit d'avoir abandonné la vrai foi pour t'épouser, Pierre? Ainsi, non seulement t'auras pas été capable de faire mon bonheur sur cette terre, mais encore tu m'auras damnée pour l'éternité! Tu peux être content de toi! Ah! pourquoi que t'es venu me chercher!

– Je sais pas trop, mais t'étais drôlement gente et tu me plaisais bien...

Un peu émue malgré tout, Rose répliquait d'une voix moins ferme :

– Et moi, pourquoi que je t'ai dit oui, hein?

– Peut-être parce que tu savais, toi aussi, que je t'aimais?

Elle tenait trop à sa colère pour se laisser attendrir.

– Le passé, c'est le passé... Qu'est-ce qu'on va devenir, nous deux?

– Faut voir...

Elle repartait alors dans ses jérémiades.

– Toutes ces années qu'on a perdues... On pourrait être établis ailleurs... Tu penses que cette maudite Courate va nous jeter dehors?

– Je crois pas... Pas jusqu'à son mariage, au moins... Si t'avais été moins mauvaise avec elle, Rose...

– Naturellement! Je m'y attendais! Vous verrez que ça sera de ma faute! Le Pépé nous a déshérités parce que je lui menais la vie trop dure! La Courate, j'avais qu'à pas la flanquer à la porte... Je connais la chanson! Seulement, mets-toi dans ta sacrée tête de pioche que je regrette rien! Au contraire! Et si j'aurais su je me serais montrée encore plus mauvaise avec le Pépé! Quant à la Marie, c'est tout de suite que j'aurais dû me passer de ses services! c'était une intrigante! d'ailleurs, t'en as la preuve, aujourd'hui, pas vrai?

Celle dont la Rose Salagnon parlait avec tant d'amertume vivait un conte bleu. Pour être juste, elle ne comprenait pas très bien ce qu'il lui arrivait. On lui disait qu'elle était riche et, pour elle, être riche c'était avant tout ne plus servir chez les autres, ne plus obéir aux caprices de celui-ci ou de celle-là. Après la séance à la mairie, elle s'était enfuie avec son François et lorsqu'ils avaient atteint leur refuge habituel, au-delà du cimetière, elle s'était contentée de dire :

– Eh ben! en v'là une histoire!

– Ouais... T'étais pas au courant?

– Non.

– Comment c'est possible?

– Le Pépé m'avait jamais rien raconté.

– Pourtant t'as dû signer des papiers pour l'adoption?

– J'ai signé des papiers, mais pour quoi c'était, je sais pas.

– Des fois que tu saurais peut-être pas lire?

Une grande rougeur lui monta aux joues et elle avoua à mi-voix :

– Pas trop bien...

– Et écrire?

– Je peux écrire mon nom!

– Ouais... Faudra t'y mettre, maintenant que t'as des sous.

Elle rectifia pour bien lui montrer qu'il n'y avait rien de changé entre eux.

– Maintenant que nous avons des sous.

Il secoua la tête.

– Ça peut plus être comme avant.

– Tu veux dire... nous deux?

– Ouais.

Les sanglots commencèrent à lui nouer la gorge.

– Pourquoi tu veux plus de moi?

– T'es riche et moi, j'ai rien... Les autres, ils croiraient que je t'épouse pour ton domaine.

Elle prit les grosses mains calleuses dans les siennes.

– Je vois pas de quelle façon t'expliquer, mais quand tu m'as demandé, j'avais rien... et je t'ai dit oui... Pour quelle raison je changerais d'avis à présent? Les autres, qu'est-ce que ça nous fait?

Il ne pouvait pas exprimer ce qu'il ressentait. Il devinait confusément que cette Marie Courate, avec ses fesses de rien du tout, sa poitrine absente et son petit museau de fouine, c'était quand même une sorte de trésor. Il l'enveloppa dans ses bras, l'attira tout contre lui et se sentit plus fort qu'il ne l'avait jamais été.

Si la population de Blanzépy, dans son ensemble, avait renoncé à l'espoir d'accaparer l'héritage du Pépé, il y en avait encore un, Albert Taponnat, le menuisier, qui s'entêtait. De jugeotte courte, il estimait que la Courate n'avait pas plus de droit que lui à devenir propriétaire de la Molette, puisqu'elle n'était pas parente d'Antoine Sérézin. Les histoires d'adoption, il n'y croyait pas. Après la séance de la mairie, Taponnat avait longuement remâché la nouvelle de la soudaine élévation de la petite servante, dans la solitude de son atelier. Il lui semblait injuste que cette gamine qui n'était même pas du pays et ce François de la Régine qui avait longtemps bénéficié de la charité de la commune, devinssent les maîtres d'un des plus beaux domaines du pays. Si le menuisier ne possédait pas une intelligence très aiguisée, il était doué de ruse et il s'appliqua à trouver le moyen de s'approprier la Molette en dépit de l'adoption de Marie par le Pépé. Le jour où il crut l'avoir trouvé, il se mit à chanter à tue-tête : « La Chanson des Blés d'Or » et l'on sut, tant dans la maison que dans le voisinage, que quelque chose d'heureux était survenu chez les Taponnat.

Philomène Taponnat goûtait particulièrement les quelques instants qui précédaient les repas. Elle était heureuse de voir ses deux hommes – son fils et son mari – face à face. La même carrure, la même force, la même santé. Elle en ressentait de l'orgueil. Du bel ouvrage. Elle déposait le plat sur la table et s'asseyait entre Albert et Jean, s'intégrant ainsi au groupe qu'elle consolidait encore par sa présence. Un bloc sans fissure ni faille.

A table, chez les Taponnat, on ne parlait pas avant qu'on ait apaisé sa « première » faim. Le plus souvent, parce qu'elle était, d'ordinaire, la seule a être allée dans le pays au cours de la matinée, Philomène entamait la conversation en rapportant un fait dont elle avait été témoin.

– En sortant de chez l'Amélie, j'ai rencontré la Marie Courate. Elle est plus la même...

– Dame! ricana Jean, à présent qu'elle est riche...

Philomène tenait à son idée :

– C'est pas une raison pour s'en croire! Ses sous feront pas oublier qu'elle vient de l'Assistance, alors?

– Si, ils le feront oublier, intervint Albert. Et je dis que la propriétaire de la Molette, elle peut regarder n'importe qui dans les yeux... Et puis, elle est plus de l'Assistance puisqu'elle est devenue la fille d'Antoine Sérézin.

Le fils prit le parti de sa mère.

– Tout ça, ça change rien... La Marie sera toujours la Courate avec ou sans la Molette.

La voix d'Albert se durcit.

– T'as perdu une belle occasion de te taire, imbécile!

– Enfin, quoi! je vas pas tomber en admiration

devant la Marie parce qu'elle a hérité, des fois? Avec ou sans argent, elle est toujours aussi mal foutue, non?

– Le François de la Régine semble pas être de ton avis.

– Le François est un peu simplet.

Taponnat flanqua un grand coup de poing sur la table.

– Un peu simplet, le gars qui épouse la mieux dotée du patelin? Ça va pas? Je souhaiterais être aussi simplet que François et m'installer à la Molette! Et je dis que ceux qui traitent les autres de simplets feraient mieux de se demander si c'est pas eux, les idiots!

Le Jean devint tout rouge.

– C'est pour moi ce que tu racontes?

– Parfaitement! Si tu t'en donnais la peine, il compterait plus le François, aux yeux de Marie.

Stupéfait, le garçon regardait son père.

– Tu voudrais que j'épouse la Courate?

– Fous-moi la paix avec ta Courate! Je serais heureux – et ta mère aussi, j'en suis sûr – de devenir le beau-père de Marie Charavines-Sérézin.

– Mais enfin, papa, t'as pas vu comment qu'elle est?

– Une fille riche est la mieux faite de toutes!

– On devine seulement pas sur quoi elle s'assied! soupira Jean écœuré.

– Et alors? D'abord, je te défends de dire des saletés devant ta mère! ensuite, je vas te l'apprendre, moi, sur quoi elle s'assied la Marie : sur des bons billets de banque! des billets de banque que t'aurais qu'à tendre la main pour les prendre! Alors, c'est pas toi l'idiot?

M. Saint-Véran avait entendu les explications du Chef Chatonnay sans l'interrompre une seule fois.

Lorsque son interlocuteur eut terminé, le Juge d'Instruction soupira :

– Je vous comprends très bien, Chef, mais vous devez admettre que je ne puis négliger plus longtemps mes responsabilités. Depuis la découverte du corps d'Antoine Sérézin, vous n'avez pas avancé d'un pas et, par-dessus le marché, voilà qu'un autre vieux s'est volatilisé. Vous ne parvenez pas à retrouver son corps. A-t-il été victime, lui aussi, d'un sadique qui s'en prendrait aux seuls vieillards et dont les experts diront, vraisemblablement, qu'il a été traumatisé dans son enfance par des grands-parents féroces? La lecture du testament n'a rien apporté de positif, sinon une joyeuse surprise pour certains et une amère déception pour d'autres. Alors, mon bon, de quel côté se tourner maintenant?

– Monsieur le Juge, ce n'est pas parce qu'il n'hérite pas que le meurtrier n'a pas tué. Il a très bien pu assassiner le Pépé en se croyant son héritier.

– Vous pensez aux neveux?

– Depuis le début.

– Possible, mais dans ce cas, foncez, nom d'un chien! Quoi qu'il en soit, Chef, j'estime de mon devoir de prévenir le S.R.P.J. de Clermont. Ces messieurs ne seront pas là avant lundi, nous sommes samedi midi, voyez le temps qu'il vous reste si vous entendez éclaircir ce mystère par vos seuls moyens.

Ce samedi-là, le déjeuner fut lugubre chez les Chatonnay. Jamais Elise n'avait vu son mari dans cet état-là et elle se demandait avec anxiété ce dont il pouvait bien souffrir. Elle ne pouvait deviner que, pour la première fois de sa carrière, Marcel doutait de ses capacités. Il avait tellement rêvé d'une prouesse qui le réhabiliterait qu'il souffrait d'un échec l'obligeant à mesurer ses limites. Cette défaite – s'ajoutant à celle subie dans le Midi et qui avait été la cause de sa disgrâce – le poussait à désespérer de son propre avenir. L'humiliation rendait Chatonnay à l'humain, le faisait pareil aux autres, médiocrité que déjà il acceptait, résigné. La tendresse admirative d'Elise ne pouvait tolérer trop longtemps un silence qui l'inquiétait.

– Marcel... qu'est-ce que tu as?

Il leva vers elle un regard qu'elle ne reconnut pas, car l'éclat ordinaire en était terni par une nouvelle et amère prise de conscience.

– Je t'ai trompée, Elise.

Elle sursauta sur sa chaise.

– Qu'est-ce que tu dis!

– Je ne suis pas celui que tu croyais...

– Mais enfin, Marcel...

– Je me suis illusionné sur mes capacités... Je me figurais être un gendarme hors série et voilà... Après la gaffe que tu sais, là-bas, l'échec ici... Je dois me résigner à n'être qu'un gendarme semblable à tous les gendarmes.

– Ce n'est pas vrai!

Ce cri réchauffa un peu le cœur ulcéré de Chatonnay.

– Ce n'est pas vrai, Marcel, et tu le sais bien... Tu as joué de malchance la première fois et maintenant tu te heurtes à des paysans dont tu ne connais pas la mentalité... A ta place, personne n'aurait mieux fait que toi, et on verra ce que réussiront les policiers de Clermont! Et puis, tes adjoints ne se sont pas mieux débrouillés que toi!

– Massieu m'avait mis en garde et je n'ai pas voulu l'écouter... J'avoue que ces gens de Blanzépy, je ne sais pas par quel bout les prendre... En tout cas, dès lundi, je passe la main.

– Nous ne sommes pas encore à lundi!
– Et alors?
– Si tu n'as plus confiance en toi, moi je te garde ma confiance! Retourne à Blanzépy, Marcel... Poursuis ton enquête avec toute ton intelligence, toute ta force, et si la chance est avec toi, tu remettras le criminel aux policiers de Clermont lorsqu'ils arriveront!

Elise était superbe. On eût dit de ces Romaines renvoyant au combat les époux fatigués, les frères blessés, les fils apeurés. Le Chef se sentit emporté par cette grandeur et, se dressant, il se coiffa de son képi avant d'annoncer :

– C'est pour toi, Elise, que je vais livrer un dernier assaut!

En écoutant les pas de son mari décroître dans l'escalier, Elise eut la certitude d'avoir épousé un homme au-dessus du commun et s'abîma dans une prière fervente avec l'espoir que Dieu l'écouterait et aiderait Marcel à trouver l'assassin du Pépé.

Hélas... L'enthousiasme du Chef vola littéralement en éclats alors qu'il posait le pied sur le parquet du rez-de-chaussée où il était accueilli par un chœur clamant qu'il em... les gendarmes et la maréchaussée. Sous l'affront, Chatonnay pâlit et son esprit, plongé dans son désarroi subit, se posait une multitude de questions qui, se chevauchant les unes les autres, interdisaient toute réponse réfléchie : injure personnelle? rébellion des habitants de Saint-Avelanche? Il nota avec épouvante que ce chant licencieux lui arrivait du bureau dont il ouvrit la porte d'un coup d'épaule. Son apparition ne sembla pas calmer l'ardeur des chanteurs – quatre civils que Chatonnay ne connaissait pas – et qui braillaient avec une opiniâtreté visiblement puisée dans le Côte-du-Rhône ou le Beaujolais. Mais ce qui scandalisa le Chef au plus haut point ce fut de voir Massieu et deux autres gendarmes qui riaient au lieu de faire cesser cet inconcevable manque de respect.

– Massieu!... que font ces gens-là, ici!

– Chef, ce sont des habitués.

– Et vous les laissez nous insulter et à travers nous la gendarmerie tout entière?

– Ils n'y mettent pas de malice... Depuis dix ans, chaque fois qu'ils ont un coup dans le nez, ils entonnent la même chanson.

– Et ça vous amuse?

– C'est devenu du folklore, Chef.

– Vraiment? eh bien! collez-moi ces chanteurs folkloriques au trou et en vitesse!

– Mais, Chef, ce sont des gens importants, ayant des amis influents!

– La loi doit être respectée par tous! Au trou!

Massieu et ses collègues enfermèrent les amateurs de vieilles chansons, ce qui ne parut affecter en rien leur moral. Il est vrai que leur état les empêchait de prendre conscience de l'endroit où ils se trouvaient.

Chatonnay ordonna :

– Massieu, sortez la voiture, on s'en va.

– On ne déjeune pas avant?

– Pas le temps, exécution!

– Je peux aller prévenir ma femme?

– Faites vite! Vous ne partez pas pour le Kamtchatka!

Lorsque Caroline apprit que son « gros » allait filer sans déjeuner par ordre du Chef, elle demanda sérieusement si Chatonnay n'était pas un peu piqué. Massieu se dit convaincu, pour l'instant, d'une seule chose, à savoir qu'on se précipitait au devant d'histoires plus qu'embêtantes grâce au zèle intempestif du Chef Chatonnay.

En s'installant au volant de l'auto, Massieu demanda :

– Où va-t'on, Chef?

– Arrêter le meurtrier d'Antoine Sérézin.

V

Depuis qu'elle s'était résignée à l'idée de quitter bientôt la Molette, Rose Salagnon n'avait plus goût à rien. Elle traînait dans la maison comme une âme en peine. Elle se négligeait et son ménage souffrait de cette indifférence soudaine. Pierre n'avait pas beaucoup plus de cœur à l'ouvrage. La pensée qu'il lui fallait partir, abandonner ce décor auquel il était fait, dans lequel il croyait devoir mourir un jour, lui semblait impossible. Il ne se posait pas de question sur la légitimité ou l'illégalité des actes du Pépé, simplement il refusait d'ajouter foi à une décision qui le privait de ce qui était sa vie. Pourtant, au fond du cœur, il savait qu'il ne s'agissait plus d'une simple menace et que la Courate viendrait s'installer dans cette maison devenue la sienne et qu'elle leur dirait de filer. Brave homme, il n'en voulait pas à la petite et même il aurait été heureux de sa chance si le bonheur de Marie n'avait eu pour conséquence obligée son propre malheur. Pierre ne partait plus le matin de bonne heure pour travailler les terres. A quoi bon? Il avait aussi renoncé à ses courses en forêt pour surveiller les arbres du Pépé. D'autres que lui, désormais... Il en aurait pleuré. En descendant de la chambre, il buvait un coup pendant que Rose préparait le café et s'asseyait sur une chaise, ses grosses mains inutiles bien à plat sur ses cuisses. Ni Rose ni lui ne parlaient. Ils auraient tenu des propos identiques. Pierre regardait sa femme penchée sur le fourneau. Ses reins larges, ses épaules lourdes, une brave femme et qui avait assumé sa part de travail. L'homme s'attendrissait. Dans ce corps épais, il revoyait toutes les années passées. Presque malgré lui, il dit :

– Rose...

Ce n'était pas un appel, simplement la constatation d'un fait : la présence réconfortante de la compagne de toujours. Elle s'était retournée. Le ton de son mari la troublait. De loin, de très loin lui arrivait l'écho de cette voix entendue au temps de ses fiançailles. Elle vint à lui, ils s'embrassèrent et demeurèrent les bras ballants, en face l'un de l'autre, ne sachant que dire. Puis Rose se mit à pleurer sans bruit. Il ne lui demanda pas ce qu'elle avait puisqu'il ressentait la même chose.

– Oh! Pierre... qu'est-ce qu'on va devenir?

Il haussa les épaules pour avouer son ignorance. On toqua doucement à la porte. Pierre s'en fut ouvrir. La Courate était sur le seuil.

– Ah! c'est toi...

– Je vous dérange pas?

– Dans un sens, on t'attendait... Entre.

Rose ricana.

– T'aurais déjà oublié que t'es chez toi?

Intimidée, Marie ne savait quelle contenance adopter. Salagnon proposa :

– Tu veux une tasse de café?

– Avec plaisir, merci bien.

Pierre la servit. Les poings sur les hanches, l'œil mauvais, Rose surveillait la visiteuse qui buvait à petites gorgées parce que terriblement intimidée. Cette démarche, elle l'avait pourtant bien mise au point avec François et maintenant, elle ne se rappelait plus ce qu'il fallait raconter. Elle reposa sa tasse vide et déclara :

– Il était bon...

Et de nouveau un silence lourd, épais, où les gestes prenaient une sorte de lenteur molle comme dans les rêves. Enervée, Rose déclencha l'offensive :

– T'es venue voir si on préparait nos paquets?

– Vos paquets?

– Dame! à présent que t'as réussi à te faire adopter par le Pépé, nous, on n'existe plus... On n'a qu'à vider les lieux. Combien de temps tu nous laisses encore? jusqu'à ton mariage?

– Mais non...

– Ah?... C'est cette garce d'Amélie qui t'a montée contre nous, hein? D'abord, pourquoi que tu loges chez elle?

– Faut que je dorme quelque part.

– Tu te rappelles pas que t'es propriétaire de la Molette?

– Si, mais je voulais pas vous ennuyer...

– Nous ennuyer? nous? mais t'as tous les droits...! Si tu y tiens, c'est nous qu'on ira coucher dehors... Parce que nous, hein? à ce jour, qu'est-ce qu'on est? des bohémiens, rien d'autre! A nos âges, c'est dur... Toi, bien sûr, tu t'en fous... c'est pas tes affaires.

La Salagnon se laissa aller sur une chaise et se mit à sangloter. Marie n'avait jamais vu pleurer Rose. Elle n'imaginait même pas qu'elle pût pleurer. Elle en fut bouleversée. Sans songer à ce qu'elle faisait, elle se leva, vint à son ancienne patronne, écarta ses mains et embrassa le visage mouillé de larmes. Dans un réflexe incontrôlé, Rose attrapa la Courate par sa taille de fillette et la serra contre elle en chuchotant à son oreille :

– Marie... je t'en prie... laisse-nous nous retourner... Je veux pas aller sur la route... Je suis trop vieille... J'ai peur...

– Mais je vous ai pas dit de partir!

La Salagnon écarta Marie et, la tenant à bout de bras :

– Qu'est-ce que tu racontes?

Pierre se rapprocha des deux femmes.

– Je tiens pas à ce que vous partiez... Je pense pas que le Pépé serait content si je vous demandais de quitter la Molette.

La Salagnon n'en croyait pas ses oreilles. Incrédule, elle demanda :

– T'entends, Pierre?

– J'ai toujours prétendu qu'y avait pas meilleure fille que la Courate.

– Moi aussi!

Ils baignaient dans une telle espérance que pas plus celle qui l'avait prononcée que ceux l'ayant entendue, ne prêtèrent attention à cette affirmation incongrue. Rose attrapa la Courate par les mains.

– Qu'est-ce qu'on décide, alors?

– François a dit comme ça qu'on serait pas trop de quatre pour tenir la Molette.

– C'est bien vrai!

– On partagera le travail, les dépenses et, à la fin de l'année, si on a gagné de sous, on les partagera aussi. Avec deux hommes, y aura pas besoin d'engager un domestique et vous et moi, on tiendra la maison. Vous êtes d'accord?

– Si on est d'accord?

Pierre et sa femme embrassaient, mignotaient la Marie qui riait, heureuse, et son rire la rendait presque jolie. Rose déclara :

– Et puis tu sais pas, Marie? Pierre et moi, on s'installera dans la petite maison du Pépé... Faut laisser les amoureux ensemble, et quand vous aurez des enfants, ça sera pas trop grand pour vous autres, ici... J'ai jamais pu avoir de petit, mais il me semble que je saurais les soigner... Je t'aiderai à soigner les tiens.

Ils se regardaient les uns les autres, n'en revenant pas de se découvrir si gentils, si bons, si affectueux. Les Salagnon n'arrivaient pas à croire complètement à cette chance inespérée qui leur permettait de demeurer au port où ils étaient, depuis si longtemps, ancrés. Tout d'un coup, Pierre avait envie d'aller voir ses arbres. Quant à Marie Charavines, elle ne réagissait presque plus sous les assauts d'un destin qui, après l'avoir accablée, dix-huit années durant, semblait vouloir rattraper ses erreurs. Après un père et un mari, voilà qu'elle trouvait une famille, la Courate. Par suite de son adoption, les Salagnon devenaient ses cousins germains, presque des frères. Ils l'accompagneraient à l'église et à la mairie, le jour de son mariage, et elle serait alors pareille à toutes les autres filles qui se marient suivies de leur parentèle. On ferait la noce à la Molette et on inviterait le plus de monde possible, pour que tout Blanzépy soit témoin d'un bonheur qui ferait enrager les méchants.

Pierre passa son bras sur les épaules de Marie.

– Cousine, dis au François que demain, s'il le veut, je le mènerai voir la propriété. Ça sera un beau dimanche...

Rose prit à nouveau la petite dans ses bras.

– Moi, je t'appelle pas cousine... t'es trop jeune... Tu seras la fille que j'ai pas eue... On s'aimera bien, tu verras... Et pour commencer, tu vas aller chercher tes affaires chez l'Amélie et les ramener ici... Je peux pas supporter l'idée que ma fille, elle loge chez les autres et travaille pour eux.

Ils se remirent à s'embrasser et tout à la joie de cette existence nouvelle qu'ils préparaient, ils n'entendirent pas frapper à la porte. Les gendarmes pénétrèrent dans cette pastorale et le monde y entra avec eux. Le Chef ironisa :

– Pardon, si l'on vous dérange...

Massieu constata, le sourire aux lèvres :

– Alors, on s'est rabiboché?

Ils se séparèrent, confus, et Marie profita de ce moment d'embarras pour s'esquiver. Salagnon avoua :

– On vous avait pas entendus... Ça va?

La Rose s'exclama :

– C'est un beau jour! On vous offre quelque chose?

Menton en avant, l'air mauvais, Chatonnay répondit :

– Avec plaisir!

– Qu'est-ce que ce sera? s'enquit Pierre.

Le Chef fit un pas dans sa direction et se campant devant lui :

– Le nom de celui qui a tué le Pépé!

– Pardon?

– Vous croyez m'avoir possédé, hein?

Salagnon tourna vers sa femme un regard désespéré.

– Il recommence!

Rose s'adressa à Chatonnay sur un ton de reproche affectueux.

– Alors, ça vous reprend?

Le Chef abandonna le mari pour sa compagne.

– Vous... attention! mesurez bien vos paroles, sans ça... vous y aurez droit!

– A quoi?

– A ça!

Et Chatonnay fit danser les menottes sous le nez de la Rose qui ne parut pas autrement impressionnée. Elle se contenta de soupirer :

– C'est malheureux, tout de même...

– Qu'est-ce qui est malheureux?

– Que vous ayez des idées fixes. Monsieur Massieu, vous ne pourriez pas essayer quelque chose?

Avant que le gendarme n'ait eu le temps de répondre, son supérieur hurlait :

– Massieu n'a pas à se mêler au débat tant que je ne l'y ai pas autorisé! Asseyez-vous!

Rose obéit.

– Vous aussi!

Pierre, sur le point d'imiter sa femme, se ravisa.

– Ecoutez... J'aime pas les histoires et je respecte l'uniforme, seulement si vous répétez encore que j'ai assassiné le Pépé, moi, je vous casse la gueule!

Chatonnay lui mit sa manche galonnée devant la figure.

– Vous vous en fichez, hein?

– Ça vous donne pas le droit de nous insulter!

– A mon tour de vous dire d'écouter, Salagnon : au moindre geste que vous esquissez, je vous emmène directement à Saint-Avelanche pour vous y enfermer en attendant de comparaître devant le tribunal où vous en prendrez pour un certain temps, croyez-moi! Massieu, placez-vous derrière lui et s'il essaie de se lever, ceinturez-le pendant que je lui passerai les menottes.

Massieu éxécuta la manœuvre ordonnée et le Chef, les deux mains sur la table, se pencha vers Pierre.

– Maintenant, je ne demande pas mieux que de vous embarquer. Alors, allez-y, faites le clown.

Rose apaisa son mari.

– Laisse-le dire, va! il sait plus ce qu'il raconte.

Chatonnay revint vers elle et, avec un faux sourire :

– Autrement exprimée, cette remarque signifie que je suis un imbécile?

– Je veux pas vous contredire.

– N... de D...!

– C'est pas beau de jurer de cette façon. Chef. Si M. le Curé...

– Taisez-vous! Vous essayez de me faire perdre mon sang-froid, hein? Vous n'y parviendrez pas!

Massieu n'aurait donné sa place pour rien au monde. Intérieurement, il jubilait. Chatonnay repoussa son képi sur la nuque, s'assit face à ses deux suspects, sortit son carnet et son crayon.

– Fini de rire! Où étiez-vous au moment où on assassinait le Pépé?

– Ici.

– Pouvez le prouvez?

– Demandez à la Courate.

– Elle était à votre service, son témoignage ne compte pas.

– Si vous y mettez de la mauvaise volonté...

– J'y mets ce que je veux! Salagnon, tant que vous ne m'aurez pas démontré le contraire, je vous tiens pour le suspect numéro 1 quant au meurtre d'Antoine Sérézin.

Pierre haussa les épaules.

– Qu'est-ce que j'y peux?

– Avouer.

– J'ai pas tué le brave Pépé, d'abord parce que c'est pas dans mes habitudes de tuer mon prochain, ensuite parce que j'avais pas de raison.

– Si! l'héritage!

– Mais c'est la Marie qui...

– Vous l'ignoriez! Vous êtes devenu un criminel pour rien! A propos, pourquoi s'est-elle sauvée, celle-là?

– Pour rejoindre son fiancé, je suppose.

– Elle aurait pas dû? ajouta Rose.

Chatonnay faillit jurer à nouveau, tant il s'irritait de voir cette femme se moquer de lui. Il ne comprenait pas son changement d'attitude. Il ne pouvait deviner que cela tenait à ce que Rose n'avait plus peur de l'avenir. Il ressentait comme une humiliation personnelle qu'une simple paysanne osât ne pas lui accorder la considération qu'il estimait lui être due. D'une voix que la colère rendait rauque, il déclara :

– Vous... vous aurez tout le temps de regretter votre attitude... je vous le promets! et maintenant, je vous avertis, je ne quitterai pas la place que vous n'ayez reconnu votre culpabilité.

La Marie n'avait pas rejoint son François, contrairement à ce que pensait Rose Salagnon. Elle en avait été empêchée par Taponnat qui l'avait arrêtée juste au moment où elle arrivait au sommet de la côte d'où on surplombait la Molette.

– Salut, Marie! Je te cherchais.

– Vous me cherchiez?

– Je tenais à t'assurer que je suis bien content de ce qui t'arrive.

– L'héritage, vous voulez dire?

– Oui, l'héritage.

– C'est gentil à vous, monsieur Taponnat.

– Et tu sais pourquoi je suis content? parce que j'ai toujours eu pour toi une grosse amitié.

– Merci beaucoup, monsieur Taponnat.

Elle n'osa pas lui confier qu'elle n'avait jamais remarqué cette grosse amitié.

– On raconte que tu serais décidée à te marier?

– Avec le François de la Régine.

– C'est un brave garçon.

– Oh! oui!

– On peut rien lui reprocher... seulement...

– Seulement?

– Seulement, je me demande si c'est l'homme qu'il te faut?

– Mais je l'aime et il m'aime!

– L'amour, l'amour...! Il y a pas que ça, dans la vie! A mon idée, vois-tu, Marie, maintenant que t'as du bien, tu devrais choisir un garçon qui t'arriverait pas les mains vides, parce que ça fait pas bon effet.

– Ah?

– Tout le monde pensera qu'il t'épouse pour tes sous.

– Mais il était pas au courant quand il m'a demandée!

– Que tu crois!

Marie commençait à ne plus savoir où elle en était. Elle ne devinait pas où l'autre voulait en venir, mais elle sentait que ce n'était pas joli et elle éprouvait une soudaine envie de pleurer alors qu'elle était si heureuse quelques instants plus tôt.

– Ce que je t'en dis, hein? c'est pour ton profit, mais à ta place, je prendrais mon temps, je réfléchirais...

Elle protesta d'une petite voix :

– François m'aime...

– Y a pas que lui! Et tiens, je sais un garçon qui a depuis longtemps les yeux sur toi, seulement tu l'intimides et il ose pas se déclarer.

– Je l'intimide, moi?

– Quand il te voit, il est paralysé... mais sitôt qu'il est à la maison, il s'arrête pas de parler de toi : et la Marie par-ci, et la Marie par-là... Il te ferait pitié, si tu veux mon sentiment.

– Comment ça se fait qu'il aille se plaindre chez vous?

– Parce que Jean est mon fils, non?

– C'est votre fils, qui...

– Tout juste! Qu'est-ce que tu dirais de le prendre pour mari?

– Il me plaît pas.

– Et pourquoi il te plaît pas?

– Il est vilain.

– Il est... Eh ben! ma garce, t'es pas qu'un peu culottée! Vilain, mon Jean? mais c'est tout mon portrait!

– C'est que... vous êtes pas très beau non plus, monsieur Taponnat...

– Tu t'es donc jamais regardée dans une glace avec ton museau de mulot, tes fesses de rat, tes nichons de souris? Même pas une demi-portion!

– Si je suis comme ça, pourquoi que vous me voudriez pour gendresse?

– C'est pas moi, c'est mon idiot de fils!

– S'il a pour moi le sentiment que vous dites, vous croyez que ça lui plairait de m'entendre insultée par son père?

– Tu prends tes grands airs, hein, ma fille? Mais quoi que tu fasses, tu seras jamais qu'une de l'Assistance! C'est pas parce que tu t'es emparée malhonnêtement de l'avoir du Pépé...

– Oh! vous osez...! mais qu'est-ce que je vous ai fait?

– Tu m'as fait que tu refuses mon fils! et qu'une créature de ton espèce, elle devrait tomber à genoux pour me remercier de lui offrir d'entrer dans une famille honnête, surtout quand on sait seulement pas si on n'a pas eu un assassin pour père et une pute pour mère! D'ailleurs, ça expliquerait la façon dont tu t'y es prise pour soutirer ses sous au Pépé, espèce de dégoûtante!

Livide, bavant, Taponnat, fou furieux à l'idée que ses espérances ne se réaliseraient pas, n'avait plus conscience des mots qu'il prononçait. Dans sa rage quasi démente, il allait lever la main sur Marie lorsqu'il se sentit attrapé par le col de sa veste sans pouvoir se dégager tant le François le tenait serré.

– J'ai entendu ce que t'as raconté à Marie, Albert, et j'ai bougrement envie de te tordre le cou!

– Facile de... de faire le... le malin quand on... on attaque les gens par... par derrière!

François lâcha le menuisier, l'obligea à pivoter sur lui-même et le regardant bien en face :

– Maintenant, répète un peu pour voir ce que tu disais à la Marie?

Albert était encore trop plein de sa colère de son désappointement pour se montrer prudent.

– C'est une saloperie qu'a abusé de la confiance d'un vieux et j'ai pas besoin de te dire comment elle s'y est prise, hein?

François de la Régine avait des mains qui étaient de véritables battoirs et, quand il les fermait, ses poings ressemblaient à de petits melons. Il cogna le Taponnat en plein sur le nez. Sur l'instant, celui-ci crut qu'il avait reçu un coup de sabot de mulet. Il partit à reculons. Au bout de sa course, il tomba sur son derrière, tout le bas du visage inondé de sang. La vue du sang lui fit oublier sa douleur. Il se releva et se précipita sur le fiancé de Marie qui le frappa, cette fois, sur l'œil gauche. Le menuisier s'arrêta net, le regard plein d'étoiles filantes. Son adversaire s'enquit :

– T'en as assez?

S'ils avaient été seuls, Albert aurait déserté le combat. Mais il y avait des spectateurs, attirés par les cris du menuisier. A cause d'eux, Taponnat ne pouvait s'avouer vaincu. Il se jeta la tête en avant, à la manière d'un bélier, dans l'espoir de toucher François au ventre, mais ce dernier le guettait et, d'une maître coup porté de bas en haut, il l'attrapa sous le menton, lui fit claquer les dents et l'expédia au sol, évanoui.

Chatonnay était occupé à énumérer aux époux Salagnon ce qui les menaçait dans un avenir des plus proches lorsque la rumeur du combat singulier opposant le cantonnier au menuisier lui parvint. Il interrompit son discours prophétique, tendit l'oreille et demanda à Massieu :

– Qu'est-ce qui se passe encore?

Le gendarme sortit dans la cour, avança de quelques pas dans la côte menant au village, revint pour annoncer placidement :

– Je crois bien qu'ils sont en train de se battre.

Il n'avait pas fini de parler que déjà le Chef franchissait le seuil et Massieu dut se résigner à le suivre. Ils arrivèrent sur les lieux de la bataille à la seconde précise où François mettait Albert hors de combat et de façon définitive. Chatonnay écarta les curieux pour se porter au secours du blessé tandis que Massieu demanda au fiancé de la Courate :

– T'es devenu fou ou quoi?

– Il a traité Marie de tous les noms!

Le gendarme s'adressa à la jeune fille.

– C'est vrai?

Elle hocha la tête pour répondre. Massieu insista :

– Qu'est-ce qu'il t'a dit?

Elle chuchota :

– Que mon père c'était un criminel, ma mère une... une, enfin vous comprenez, et que j'avais enjôlé le Pépé en faisant des saletés avec lui... Monsieur Massieu, pourquoi ils sont toujours contre moi?

– Attends un peu!

A son tour, le gendarme rejoignit le Chef qui soutenait Albert, lequel en rajoutait pour impressionner les représentants de l'autorité, et, flanquant son pied dans les côtes du menuisier il cria :

– Tu vas te lever ou tu veux que je t'aide?

Chatonnay, déconcerté par l'attitude de son adjoint, n'eut pas le temps de s'opposer à l'action de celui-ci qui, empoignant Taponnat par sa veste, le remit sur ses jambes en un clin d'œil.

– Et maintenant, tu m'expliques pour quelle raison tu t'es permis d'insulter la Marie?

– Parce qu'elle a été la complice du François quand ils ont décidé d'assassiner le Pépé une fois que le vieux l'a eu adoptée, la garce!

Le Chef ne put jamais expliquer ce qui était arrivé dans les quelques secondes qui suivirent cette tonitruante accusation. Ceux qui défendaient le menuisier et ceux qui soutenaient l'honneur de la Courate se jetèrent, d'un même élan, les uns sur les autres, et ce fut une mêlée rapide où Chatonnay reçut un coup anonyme dans les reins et eut la visière de son képi cassée. Il fallut toute la force de Massieu pour le dégager. Quand ce fut fait, le Chef hurla :

– Vous allez me payer ça, tous tant que vous êtes!

Ils s'éloignèrent sans hâte, réconciliés en constatant que le Chef avait encaissé son compte des horions et se dirigèrent vers le café pour y commenter une bagarre dont ils ne se rappelaient déjà plus les motifs. Quant à Chatonnay, il ordonnait :

– Massieu, emmenez-moi ces trois-là à la mairie. On va les obliger à s'expliquer.

Le maire, qui avait assisté de loin à l'échauffourée, rejoignit les gendarmes.

– Encore du grabuge, Chef?

– Oui, encore du grabuge, comme vous dites, monsieur le Maire et je puis vous affirmer que vos administrés ont une mentalité de voyous! Oser porter la main sur moi!

– Qui donc s'est permis?

– Si je le savais...

La mimique de Chatonnay donnait à penser qu'en effet, s'il avait découvert l'identité de celui qui l'avait frappé, il se serait passé des événements terribles. Tupin n'insista pas et, sur la demande du Chef, lui ouvrit les locaux de la mairie où il le laissa en compagnie de Massieu et de ses prisonniers.

Albert tenait son mouchoir contre son nez d'où le sang ne s'arrêtait pas de couler et ne pouvait plus soulever une paupière dont la couleur naturelle se fondait dans une symphonie de vert, de jaune et de bleu. Massieu se pencha vers son supérieur et, lui indiquant Taponnat du menton :

– Vous pensez, Chef, qu'il faudrait le soigner?

– Quand il aura répondu à mes questions, pas avant! Albert Taponnat, vous avez porté une accusation très grave et publique contre les deux personnes ici présentes. Les maintenez-vous?

– Et comment!

– Vous accusez donc François Tupin, dit François de la Régine, d'avoir assassiné Antoine Sérézin, dit le Pépé, avec la complicité de Marie Charavines, dite la Courate?

– Et comment!

– Vous avez assisté au crime?

– Non, mais c'est la même chose!

– Pas aux yeux de la loi.

– La loi, je m'en fous!

– Parfait... Excellente mentalité... Sur quoi vous basez-vous pour accuser les personnes ici présentes?

– Vous trouvez normal, vous, qu'une traîne-guenille soit adoptée par un des plus riches de chez nous? Elle devient quasiment sa fille aux yeux de la loi! Alors, vous pensez votre loi où je me la mets!

– Et ses serviteurs aussi sans doute?

– C'est le mot!

– Vous passez peut-être pour un rigolo dans le pays, monsieur Taponnat?

– Pas précisément.

– Dommage... En somme, vous ne savez rien du meurtre commis et vous lancez des accusations au hasard?

– Mais puisque je vous répète que ce sont ces deux-là qui l'ont tué le Pépé! La preuve, c'est qu'ils ont essayé de me tuer, moi aussi!

– Sans raison?

– Des mots que j'avais eus avec cette traînée qu'à pas honte d'aller s'amuser avec un vieux pour lui voler son bien!

– Vous ne l'avez pas insultée?

– J'y ai craché ses quatre vérités, un point c'est tout!

– Mais dis, bougre de monstre, se mit à beugler le François, si tu la trouves si mauvaise la Marie pourquoi que tu la voulais tant pour gendresse?

– Moi? tu dois être soûl, ma parole!

La Courate arriva à la rescousse et expliqua les propositions du menuisier qui, ennuyé, conclut piteusement :

– C'était pour m'amuser, quoi!

Chatonnay mit les choses au clair :

– C'était aussi pour vous divertir que vous m'avez arrêté sur la route afin de m'apprendre que votre fils était celui du Pépé? Vous voulez savoir ce qu'il va vous arriver, monsieur Taponnat? Je porte plainte contre vous pour double tentative de captation d'héritage et je vais rédiger la plainte en diffamation que ne manqueront pas de déposer – et au besoin je les y obligerai – M. Tupin et Mlle Charavines pour injures publiques et calomnies répétées. Enfin, de mon côté, je me fais une joie de vous dresser procès-verbal pour insultes à l'égard de la loi et de ses représentants. Vous pouvez vous retirer, monsieur Taponnat, et vous mettre tout de suite au travail si vous désirez qu'il vous reste quelque chose quand vous aurez payé ce que l'on vous réclamera.

Massieu raccompagna jusqu'à la porte un Taponnat complètement abasourdi et sur le palier, il lui glissa :

– Tu as de la chance, Albert, que je sois gendarme, sinon je t'aurais flanqué une de ces dérouillées dont tu te serais souvenu pour avoir parlé à la Courate comme tu l'as fait. Désormais, méfie-toi, Taponnat : à la moindre infraction je te tombe sur le paletot!

Dans la salle de la mairie, Chatonnay coupa court aux remerciements de François et de Marie.

– Taisez-vous, vous deux, parce que vous n'êtes pas encore sortis de l'auberge! Ce Taponnat est un répugnant personnage, d'accord, mais ce qu'il a raconté, hein? ce n'est pas si bête...

Stupéfait, le François murmura :

– Vous croyez que c'est nous deux qui avons...

– Je ne crois rien, monsieur Tupin, je me contente de poser des questions... Parce qu'entre nous, ce serait rudement bien machiné... La gamine innocente, qui passe pour un peu simplette, dont personne ne se méfie et que nul n'oserait accuser... et le garçon sympathique entre tous, pas malin, malin, mais toujours prêt à rendre service... Supposons que ce garçon et cette fille, beaucoup moins naïfs qu'on ne se plaît à le penser, se soient dit que c'était bougrement injuste qu'ils soient obligés de servir les autres... Ils mettent un plan au point tous les deux... un plan que pas un homme, pas une femme de Blanzépy ne soupçonnera jamais... La petite va profiter de ce que le Pépé n'est pas gâté par ses neveux pour lui apporter cette tendresse familiale dont il manque, dont il a besoin, et quand elle l'a emberlificoté, son copain – peut-être son amant – zigouille le vieux et ils pourront se marier en usant d'un avoir mal acquis... Qu'est-ce que vous pensez de ma théorie?

Marie, avoua, sans gêne :

– J'ai pas compris.

– Et vous, monsieur Tupin?

– Moi? je dis que c'est malheureux qu'un Chef puisse raconter de pareilles conneries.

– Tiens, tiens... Vous le prenez sur ce ton? parfait! dans ces conditions, vous n'en avez pas fini avec moi!

– Si! ils en ont fini! Marie, François, rentrez chez vous et ne craignez rien.

On aurait appris à Marcel Chatonnay que sa femme s'était enfuie avec un jeune homme ou qu'une bombe H venait de tomber sur Saint-Avelanche, il n'eût pas été plus stupéfait. Il n'était pas encore revenu de sa stupeur lorsque la porte se referma sur le jeune couple. Il ne retrouva son sang-froid qu'au moment où le gendarme revenait vers lui.

– Massieu... Ce que vous vous êtes permis est grave... très grave... Un pareil manquement à la discipline peut avoir, pour votre carrière, des conséquences incalculables... Vous risquez de perdre votre uniforme dans cette aventure, Massieu. Aussi, je vous somme de vous expliquer!

– Mes explications seront très simples, Chef : j'en ai marre!

– Et de quoi avez-vous marre, s'il vous plaît, Massieu?

– De vous voir faire le guignol et de ridiculiser l'uniforme que vous menacez de m'ôter.

– Massieu...!

– Je vous ai laissé agir à votre guise tant que vous vous en êtes pris à des gens capables de se défendre, mais maintenant que vous vous attaquez à des sans malice, incapables de vous opposer la moindre résistance, je vous dis : non!

– Vous me dites, non!

– Je vous dis : non et ce sera non!

– Massieu, vous savez ce que ça va vous coûter cette plaisanterie?

– Rien du tout.

– Vraiment?

– Vraiment.

– Racontez-moi... ça m'amusera.

– Oh! c'est très simple, Chef... Si vous déposez le moindre rapport contre moi, une pétition demandant votre départ circulera dans Blanzépy et, de mon côté, je rédigerai aussi un rapport sur tous les abus de pouvoir dont vous vous êtes rendu coupable depuis le début de cette enquête et la façon dont vous vous y êtes pris pour faire détester les gendarmes.

– Et vous pensez qu'on vous croira?

– Oh! oui, Chef, surtout après les histoires que vous avez eues et qui ont été la cause de votre déplacement.

– Vous êtes un salaud, Massieu!

– Je ne le pense pas, Chef, mais vous, vous êtes un malade qui hait les honnêtes gens parce qu'ils le privent du gibier dont il a besoin pour assurer son avancement.

Durant tout le dimanche, une atmosphère lourde pesa sur la gendarmerie de Saint-Avelanche. Le samedi soir, le Chef et Massieu étaient rentrés de Blanzépy sans échanger un mot. Aussitôt arrivé, Chatonnay s'était enfermé chez lui. Il n'en était sorti que pour téléphoner à M. Saint-Véran afin de lui annoncer qu'il renonçait à pousser plus avant une enquête qui le dépassait. Le juge d'Instruction l'avait remercié de sa franchise et indiqué qu'il passait l'affaire au SRPJ de Clermont-Ferrand. A sa femme inquiète, le Chef avait déclaré :

– Elise, tu vois devant toi un homme accablé par le destin. Je suis la victime d'une cabale contre laquelle je ne peux même pas me défendre. A une époque où plus personne n'aime son métier, on m'en veut de faire le mien avec passion. On préfère prendre le parti de la racaille contre moi. Nous vivons le temps de la honte, ma femme. Tout ce que nous pouvons espérer, c'est de n'être pas salis.

– Nous ne le serons pas, mon chéri, je te le jure. Un jour viendra où l'on te rendra justice!

– Elise, mon amour, écoute un aveu terrible : moi, Marcel Chatonnay, je ne crois plus à la justice dans un pays où les gendarmes se font les défenseurs des suspects!

– Tu es malheureux, Marcel, mais tu es grand!

Chatonnay regarda sa femme et, l'attirant tendrement contre sa poitrine :

– Elise, tu es digne de moi.

Le lundi, au moment où le Chef entrait dans le bureau, les gendarmes – suivant les instructions de Massieu – se levèrent comme un seul homme et attendirent, pous se rasseoir, que le gradé ait prononcé le traditionnel : Repos! Il n'y eut pas un sourire, pas une poignée de main, pas le moindre mot aimable. La guerre était déclarée entre Chatonnay et ses gendarmes. On devinait, dans les attitudes – cassantes de celui-ci, insolentes de ceux-là – qu'elle serait sans concession. Bien entendu, les épouses endoctrinées jouèrent leur rôle dans l'affaire et ne furent pas les moins acharnées. Elise se retira dans sa dignité, n'adressa plus la parole à personne et se confina dans son appartement.

– Du nouveau, Massieu?

– Une communication du SRPJ de Clermont... Les OP Collanges et Montret seront ici ce matin.

– Grand bien leur fasse... Toujours pas de trace du nommé Lagraulière?

– Rien.

– Il faudra retourner bavarder avec sa sœur. C'est tout?

– C'est tout.

– Appelez-moi quand ces messieurs seront là.

Vers 10 heures, on avertit le Chef Chatonnay qu'on le demandait du cabinet du sous-préfet. Le mari d'Elise s'étant porté en ligne, il entendit ce haut fonctionnaire du département le prier de lui dire pour qui il se prenait. Sur l'instant le Chef ne comprit pas.

– Mais, monsieur le Sous-Préfet...

– Chef, on est venu se plaindre des sévices que vous auriez infligés à de très honorables commerçants et négociants de notre département?

– Moi?

– N'avez-vous pas mis en prison, comme de vulgaire malfaiteurs, quatre messieurs...

– Ah! oui... mais ils étaient ivres et suscitaient du scandale!

– Quelle sorte de scandale?

– Ils braillaient une chanson où la gendarmerie n'était pas particulièrement respectée!

– Je sais... Il paraît que c'est là leur manie... Seulement, Chef, quand on a de l'esprit, on n'entend que ce que l'on veut bien écouter et lorsqu'on est diplomate on se renseigne pour savoir à qui l'on a affaire avant de prendre des mesures ridicules!

– Mais, monsieur le...

– J'accepte vos excuses pour cette fois, Chef, mais veillez à ce que pareil incident ne se renouvelle pas et tâchez de vous persuader que le tact doit aussi faire partie de la panoplie du parfait gendarme!

Le sous-préfet raccrocha et Chatonnay plongea dans un abîme d'amertume d'où on le tira, moins d'une heure plus tard, pour lui annoncer l'arrivée des officiers de police auvergnats.

L'OPJ Marius Collanges était un colosse bonasse et l'OP Joseph Montret un garçon d'apparence terne mais dont, par instant, le regard devenait inquiétant. Ils entrèrent chez Chatonnay sans frapper et du seuil, Collanges lança :

– Alors, Chef, paraît qu'on a besoin de renfort?

Chatonnay ferma une seconde les yeux pour dominer sa colère. Il entamait son chemin de croix.

– Je n'ai pu avancer dans mon enquête...

Collanges eut un gros rire.

– Chacun son métier, Chef... Vous autres, gendarmes, je ne sais pas pourquoi, vous vous êtes mis dans la tête de venir piétiner nos plates-bandes et le résultat... hein?

– Je souhaite que vous réussissiez mieux.

– Pour ça, ayez confiance. Montret et moi n'avons pas l'habitude de laisser traîner les choses... On va vous empaqueter votre bonhomme en moins de deux...

– Je le souhaite... mais les paysans ne se laissent pas si facilement manœuvrer.

– J'avoue que je n'aime guère procéder à une enquête parmi les paysans. Ils me font perdre mon sang-froid. En somme, de quoi s'agit-il? On a tué un vieux sans motif apparent, sinon une histoire d'héritage? On va cuisiner ceux qui héritent et ceux qui se figuraient hériter.

– J'ai échoué dans cette manœuvre.

Collanges sourit.

– Nous avons d'autres méthodes... plus efficaces. On y va, Montret?

– On y va.

– Vous venez avec nous, Chef? vous nous expliquerez le topo en route et votre présence nous facilitera sûrement les choses.

Alors qu'ils s'apprêtaient à sortir, Massieu entra.

– Chef, une communication de Me Bauche.

– Qu'est-ce qu'il veut?

– Il y a vu la photo de Lagraulière dans le journal et il m'a déclaré le connaître.

– Ah?

– C'est lui qui a servi de témoin pour le testament d'Antoine Sérézin.

– Par exemple!

En quelques mots, Chatonnay mit les policiers au courant de la disparition d'Honoré Lagraulière. Collanges grogna :

– Qu'est-ce qu'ils ont les vieux, chez vous, à se faire la paire dans tous les azimuts?

Avant de gagner Blanzépy, les policiers et les gendarmes se rendirent chez Mlle Lagraulière qui commença par les interroger pour savoir s'ils avaient retrouvé son sacripant de frère. Ils durent avouer que non et, de sa voix frêle, la vieille demoiselle ne leur cacha pas ce qu'elle pensait de leur incapacité. Ils lui demandèrent si elle était au courant des relations de son frère. Elle répondit que non car Honoré, en dépit de la bonne éducation reçue jadis, fréquentait des gens peu recommandables et courait les filles. Collanges en fut impressionné.

– A son âge?

– Quoi, à son âge? nous avons juste trois ans d'écart! Qu'est-ce que vous croyez, jeune homme, que nous sommes des fossiles?

– Et... parmi ces filles, vous n'en connaîtriez pas au moins une, par hasard?

– Vous ne vous figurez quand même pas que je puisse avoir des contacts avec des créatures de cette espèce! A la fin du compte, pour qui me prenez-vous, jeune homme? En tout cas, si vous mettez la main sur Honoré vous pourrez lui dire, de ma part, qu'il s'est conduit de façon honteuse et qu'il sera privé de sortie pendant un mois!

Quand ils furent remontés dans leur voiture, Collanges s'enquit auprès de Chatonnay :

– Un peu sonnée, la bonne femme, non?

– Je ne pense pas, répondit Massieu. Pour elle, le temps s'est arrêté, il y a bien des années... Dans son rêve, elle demeure la jeune fille d'autrefois et son frère, le gamin dont il fallait estomper les frasques... Elle vit dans un autre monde que nous. (Il soupira.) Elle y est, sans doute, heureuse...

Montret, qui n'avait pas encore ouvert la bouche depuis son arrivée à Saint-Avelanche, fixa Massieu et lui dit :

– Vous me plaisez, vous.

Réflexion qui le fit effectuer une chute vertigineuse dans la considération de Marcel Chatonnay.

Tandis qu'ils roulaient vers Blanzépy, le Chef mit les policiers au courant de ses démarches, cita les principaux suspects à ses yeux et l'espèce de folie qui s'était emparée du village à l'annonce de l'héritage du Pépé. Collanges s'en tapait sur les cuisses.

– Des marrants, ces paroissiens, hein? Montret, je sens qu'on va rigoler!

Massieu échangea un coup d'œil avec Montret pour lui laisser entendre que son collègue rigolerait peut-être moins qu'il ne le prévoyait. D'un battement de paupière, l'autre l'approuva. Le gendarme comprit qu'il avait un allié en la personne de l'OP et il en fut content pour ses protégés – la Courate et son fiancé – contre lesquels le Chef se ferait, vraisemblablement, un plaisir de diriger tout de suite les soupçons de Collanges.

Sitôt arrivés à Blanzépy, les quatre hommes s'enfermèrent à la mairie où, par hasard, le maire se trouvait. A la requête de Collanges, le Chef s'en fut chercher les Salagnon alors que Massieu se chargeait de ramener François et Marie. L'OPJ estimait qu'une confrontation générale des suspects devrait amener des résultats.

Sitôt que ces derniers furent rassemblés devant lui, Collanges leur expliqua :

– Je ne suis pas un méchant homme et je m'efforce de faire mon boulot le plus gentiment possible... Seulement, il y a des limites et il faut le comprendre. On a tué un vieillard que vous affirmez avoir aimé. Vous devez donc m'apporter toute votre aide pour me permettre de démasquer son meurtrier. Alors, on ne vas pas y aller par quatre chemins. Droit au but, c'est ma devise. Soyez francs et on s'entendra bien. Compris?

Les suspects inclinèrent la tête d'un même mouvement.

– Parfait! Voyons, mademoiselle, c'est vous qui héritez du Pépé qui vous a adoptée?

– Oui, monsieur.

– D'après ce que vous avez vu et entendu pendant que vous étiez à leur service, pensez-vous que les Salagnon ici présents aient pu assassiner leur oncle dont il espéraient l'héritage?

– Sûrement pas!

– Et pourquoi?

– Parce qu'il y a pas plus brave que M. Pierre et que Mme Rose, c'est quasiment la mère que j'ai pas eue.

Collanges se tourna légèrement vers Chatonnay et murmura :

– Ça n'a pas l'air de cadrer avec ce que vous nous avez raconté? (Il revint à la Marie :) Il paraît que Mme Salagnon ne s'entendait pas avec l'oncle?

– Oh! ils se chamaillaient, mais ça n'allait jamais très loin.

– Pourtant, celle qui était alors votre patronne passe pour avoir le cœur sec, la preuve en est qu'elle vous a renvoyée brutalement alors que vous n'aviez pas de toit pour vous abriter.

– On s'était pas comprises... Je suis revenue à la Molette et maman Rose m'a installée dans la meilleure chambre.

– Maman Rose!

Chatonnay ne pouvait freiner son indignation et son étonnement. Oubliant que ce n'était pas lui qui interrogeait, il cria :

– Vous vous foutez de nous, ma parole, toutes les deux! Maman Rose!... Vous entendez, Massieu? Elle est raide, celle-là! Mais bon Dieu! j'ai entendu la façon dont elle vous traitait! Et vous, Rose Salagnon, n'avez-vous pas dit pis que pendre de cette Courate qui, à vous croire, avait suborné le Pépé?

Avec infiniment de dignité, la Rose répliqua :

– Je voudrais bien que vous parliez autrement de celle qui est désormais ma fille.

Collanges se fâcha.

– A quoi rime cette comédie, N... de D...! Chef, vous venez me raconter que dans cette tribu tout le monde se déteste, que chacun est prêt à dénoncer l'autre comme l'assassin du Pépé et je tombe sur une famille idéale où l'on s'aime, où l'on se comprend, où l'on se défend mutuellement! Il doit y avoir une erreur quelque part, n'est-ce pas, Chef?

– J'avoue que je ne saisis pas.

– C'est justement ce qui est regrettable!

A ce moment, on entendit un pas lourd qui montait l'escalier. Tous se turent, sans savoir pourquoi et écoutèrent l'écho de la montée pénible de celui qui venait sans avoir été appelé. Ils se tournèrent d'un même mouvement vers la porte quand son loquet grinça. Ils la regardèrent s'ouvrir et lorsqu'un vieux – que Chatonnay ne connaissait pas – apparut sur le seuil, les Salagnon, la Marie, le François, le maire parurent tombés en catalepsie, tandis que Massieu exhalait un énorme soupir. Chatonnay s'adressa au gendarme :

– Et alors, quoi! Massieu, qu'est-ce qu'ils ont? Qu'est-ce que vous avez? qui est ce type?

– Qui c'est?

Le gendarme se leva, s'en fut vers le vieillard et passant son bras sous le sien :

– Je vous présente Antoine Sérézin, dit le Pépé. Alors, Pépé, on s'ennuyait dans son cercueil?

On eut dit que l'annonce goguenarde de Massieu les avait délivrés et, les deux officiers de police exceptés, les autres entouraient le Pépé, tant pour l'embrasser, le cajoler que pour lui réclamer des explications qu'on ne lui laissait d'ailleurs pas le temps de donner. Collanges tira Chatonnay par la manche.

– Vous m'avez l'air d'un fameux plaisantin, vous! D'abord, vos témoignages s'avèrent faux, ensuite la victime revient, enfin sa présence implique logiquement qu'il n'est pas mort et donc qu'il n'y a pas eu crime. Nous rentrons à Clermont, Chef. Il vous reviendra d'expliquer tout cela au Juge d'Instruction.

Collanges porta le doigt à son chapeau en un salut dérisoire.

– Salut, Chef, bien du plaisir!

Chatonnay, anéanti, ne réagit pas. Quant aux Blanzépiens, ils étaient trop heureux du retour du Pépé pour penser à autre chose. Collanges atteignait déjà la porte lorsque son collègue dit d'une voix forte :

– Tu veux attendre encore un instant, Marius?

Collanges revint sur ses pas.

– Qu'est-ce qui te prend, Joseph?

Montret s'approcha du Pépé.

– Vous êtes bien Antoine Sérézin, dit le Pépé?

– Oui.

– Vous pouvez le prouvez?

– J'ai mes papiers?

– Montrez?

Le Pépé donna ses papiers que L'OP consulta avant de les lui rendre et de commenter :

– Vous êtes indiscutablement Antoine Sérézin, mais alors...

– Oui?

– ... puisque vous êtes Antoine Sérézin, qui a-t-on enterré à votre place?

Un silence total s'abattit sur ce petit groupe humain qu'agitaient des passions diverses, mais balayées par cette évidence : qui avait usurpé la place du Pépé au cimetière de Blanzépy? Et tous étaient suspendus aux lèvres du vieillard qui parut faire un gros effort avant de pouvoir répondre :

– Honoré.

Chatonnay, qui reprenait vie devant le rebondissement de l'affaire, cria :

– Quel Honoré?

– Lagraulière.

– Mais enfin, pourquoi?

– Parce que je l'ai tué.

Selon son habitude, Marie se mit à pleurer; les Salagnon étaient trop écrasés par cette révélation pour penser quoi que ce soit d'autre; Massieu passait de la joie de savoir le Pépé vivant à l'inquiétude de ce qu'il allait lui arriver; Chatonnay était si heureux de constater qu'en définitive, il y avait toujours crime, même si la victime n'était pas celle primitivement désignée. Collanges écarta tout le monde, prit à son tour, le vieillard par le bras et le tira un peu à l'écart.

– Et maintenant, Pépé, si vous nous racontiez ce qu'il s'est passé?

Pendant que l'OP Montret prenait place à la table où, d'ordinaire, siégeait le Conseil municipal, afin de jouer le rôle de greffier, les autres s'éloignaient légèrement et les gendarmes se plaçaient entre eux et Collanges auquel le Pépé faisait vis-à-vis. L'OPJ permit au vieux de s'asseoir sur une chaise qu'il alla lui-même prendre.

– Je vous écoute, Sérézin...

– Eh ben, voilà... Lagraulière et moi on était des amis de toujours... Du temps de ma défunte, il venait souvent à la maison et puis quand ma Germaine s'en est allée, il a trouvé ma compagnie triste et il est quasiment plus venu... C'est moi qui suis été le chercher quand j'ai eu l'idée d'adopter la Courate... Je l'aime bien, cette gosse, et je crois qu'elle m'aime bien aussi... Elle m'a aidé à ne pas être malheureux plus que j'aurais pu le supporter, tandis que la Rose, c'est pas qu'elle soit mauvaise de fond, mais elle est trop près de ses sous pour avoir le temps de penser aux autres et le Pierre, il lui obéit. C'est un brave couillon. J'y ai pas beaucoup expliqué à la Courate, de peur qu'elle cause et je voulais réserver la surprise à tous pour quand je mourrais... J'ai toujours aimé jouer des tours. Alors, je me rappelle plus ce que j'y ai raconté, à la petite. En tout cas, comme elle avait confiance en moi, elle a signé. Après, quand les formalités ont été accomplies – on a été vite à cause de mon âge et Me Bauche a été très bien pour ça – j'ai pensé à faire mon testament parce que je voulais laisser un petit quelque chose aux Salagnon et ce jour-là, je tombe sur mon Honoré. On a bu un coup ensemble, on a parlé du vieux temps. Un mot en entraîne un autre, vous savez ce que c'est, et voilà comment ça s'est fait.

Le Pépé semblait content de lui et il adressa un sourire satisfait à ceux qui l'écoutaient. Mais Collanges n'entendit pas le laisser vagabonder. Il le ramena au présent en demandant :

– Et voilà comment ça s'est fait... quoi?

– Qu'il a été mon témoin pour signer le testament.

– Et c'est pour cela que vous l'avez tué?

– Quasiment.

– La première fois que j'entends parler d'un tel motif pour expliquer un meurtre!

– Faut vous dire, monsieur, que quelques jours après notre rencontre au Puy, ce cochon de Lagraulière, il s'est amené chez moi à la nuit et il m'a expliqué que si je lui donnais pas des sous, il raconterait à tout le monde que j'avais adopté Marie et que j'y avais laissé mon bien... Ça aurait rendu ma vie intenable à la Molette, alors j'ai payé... cinq mille anciens francs... Seulement, ce dégoûtant, il revenait presque toutes les semaines... Un vrai poison... Le dimanche où je suis disparu, il m'a raconté qu'il exigeait pas d'argent cette fois, mais qu'il voulait mon beau costume du dimanche pour épater sa sœur et ses copains de l'hospice. Il a fallu que je m'exécute, mais j'avais une sacrée envie d'y cogner dessus. Il rigolait, le salaud, en s'habillant, et comme on était bâti de même, mon vêtement lui allait tout ce qu'il y a de bien. Jusqu'à mes souliers que j'ai dû lui donner. J'en avais tellement marre que j'y ai dit : « Ecoute, Honoré, c'est fini... Ça sera pas la peine que tu reviennes... Je vais leur dire, aux Salagnon, et pas plus tard que demain matin... Maintenant, fous-moi ton camp et en vitesse! »

D'ordinaire, il passait la nuit dans la chambre et il filait à l'aube avant que les autres ils soient levés. Il a pleurniché « T'aurais pas le cœur de me flanquer dehors à cette heure-ci, Antoine? J'ai la trouille de traverser le bois... » Bon, j'y ai dit, je t'accompagne jusqu'à la route et puis tu te débrouilleras... » Il a grogné, mais il a bien été obligé d'obéir parce qu'autrement, c'est à coups de pied dans les fesses que je le faisais s'en aller. C'est comme ça qu'on est partis.

– Vous aviez l'intention de tuer à ce moment-là?

– Moi? tuer Honoré? en voilà une idée!

– Pourtant c'est bien ce qu'il s'est passé, non?

– D'accord, mais... c'est pas moi qui l'ai démoli.

– Et qui donc?

– Ma défunte.

– Dites, Pépé, faudrait voir à être sérieux, hein? sinon, je vais changer de ton!

– Je vous répète que c'est ma défunte qui m'a poussé à lever mon bâton sur l'Honoré et à l'assommer.

– Et pourquoi cette excellente personne aurait-elle agi de la sorte?

– Parce qu'Honoré, il en avait mal parlé.

– Tiens donc?

– Faut comprendre, monsieur, que l'Honoré, il en avait gros sur le cœur que je l'aie renvoyé. Et puis de penser qui'il pourrait plus me tirer des sous, ça l'avait mis en rogne. Il cherchait un moyen de se venger, quoi! Et voilà t'il pas que tout à trac, il me dit :

» – Si ta défunte était encore de ce monde, t'aurais pas osé me traiter comme tu l'as fait, Antoine!

» – Je me serais gêné!

» – Elle t'en aurait empêché!

» – Et pourquoi?

» – Parce qu'elle m'estimait!

» – Laisse-moi rire! La Germaine t'estimait? Chaque fois qu'elle me causait de toi, elle me disait : je comprends pas, Antoine, que tu trouves du plaisir à aller avec ce feignant d'Honoré.

» – Elle pouvait pas te dire ça, la Germaine, bougre de menteur!

» – Sans blague?

» – Non, elle pouvait pas parce qu'elle, elle prenait du plaisir à aller avec moi.

» – Qu'est-ce que tu racontes?

» – Je raconte que ta Germaine et moi, on prenait du bon temps quand c'est que t'étais occupé ailleurs ou que t'étais descendu en ville!

» Alors, là, monsieur, j'ai vu rouge. Cette espèce de tordu qui se permettait d'insulter ma défunte qu'était une sainte femme! j'ai vu rouge et j'ai levé le bâton... L'Honoré, il est devenu tout pâle. Il a crié, sauf votre respect : fais pas le con, Antoine! c'est des menteries que je t'ai racontées juste pour te faire enrager!... Mais c'était trop tard, j'y ai foutu un coup sur la nuque et puis un autre sur le derrière de la tête. J'y ai pété le crâne, quoi!... Il est mort que j'ai même pas eu le temps de m'en rendre compte et j'ai été drôlement embêté... Je l'ai attrapé par les pieds et je suis été le traîner jusqu'à l'ancien chemin où personne passe plus... Je l'ai même caché sous un buisson... Malheureusement, vous l'avez trouvé... Moi, j'avais tellement peur des gendarmes que j'ai filé me cacher au Puy, chez un vieil ami... Quand j'ai su que vous croyiez que c'était moi le mort, j'ai respiré jusqu'au jour où j'ai entendu raconter qu'on voulait chercher noise à Pierre et à sa Rose... J'ai attendu encore un peu pour voir si les choses s'arrangeraient... et me voilà. Je regrette les ennuis causés à tout le monde, mais pour l'Honoré, je regrette rien, c'était un vrai salaud.

Le Pépé fut naturellement arrêté et condamné à quelques années de prison qu'on fixa un peu au hasard du fait que nul n'ignorait que le vieux bonhomme n'irait sûrement pas jusqu'au bout de sa peine. Une fois par mois, Marie et François allaient le voir avec un panier plein de douceurs. Le lendemain de leur mariage, ils lui apportèrent un morceau du gâteau de noces.

Le Chef Chatonnay ne s'est jamais remis de son échec et, ayant perdu toute confiance en lui-même, il est devenu un gendarme comme les autres. Il ne reste plus qu'Elise pour ne pas s'en être aperçue. Massieu envisage de prendre sa retraite à Blanzépy qui a retrouvé son calme d'autrefois.

On y a oublié que la fausse mort du Pépé avait montré les hommes et les femmes du village sous un vilain jour qu'on ne soupçonnait pas. Les Salagnon s'entendent bien avec le jeune ménage et, peu à peu, le soir, quand on se retrouve à la veillée, on commence à parler du Pépé comme d'une sorte de héros mythique qui abattit un malfaiteur pour l'honneur de sa Dame.

Le Club des Masques

ALDING Peter
531 Le gang des incendiaires

BAHR E.J.
493 L'étau

BARNARD Robert
535 Du sang bleu sur les mains
557 Fils à maman

CARR John Dickson
423 Le fantôme frappe trois coups

CHEYNEY Peter
6 Rendez-vous avec Callaghan
23 Elles ne disent jamais quand
31 Et rendez la monnaie
41 Navrée de vous avoir dérangé
57 Les courbes du destin
74 L'impossible héritage

CHRISTIE Agatha
(85 titres parus, voir catalogue général)

CURTISS Ursula
525 Que désires-tu Célia ?

DIDELOT Francis
524 La loi du talion

ENDRÈBE Maurice Bernard
512 La vieille dame sans merci
543 Gondoles pour le cimetière

EXBRAYAT
(96 titres parus, voir catalogue général)

FERM Betty
540 Le coupe-papier de Tolède

FERRIÈRE Jean-Pierre
515 Cadavres en vacances
536 Cadavres en goguette

FISH et ROTHBLATT
518 Une mort providentielle

FOLEY Rae
517 Un coureur de dot
527 Requiem pour un amour perdu

GILBERT Anthony
505 Le meurtre d'Edward Ross

HINXMAN Margaret
542 Le cadavre de 19 h 32 entre en gare

IRISH William
405 Divorce à l'américaine
430 New York blues

KRUGER Paul
513 Brelan de femmes

LACOMBE Denis
456 La morte du Causse noir
481 Un cadavre sous la cendre

LANG Maria
509 Nous étions treize en classe

LEBRUN Michel
534 La tête du client

LONG Manning
519 Noël à l'arsenic
528 Pas d'émotions pour Madame

LOVELL Marc
497 Le fantôme vous dit bonjour

MARTENSON Jan
495 Le Prix Nobel et la mort

MONAGHAN Hélène de
452 Suite en noir
502 Noirs parfums

MORTON Anthony
545 Le baron les croque
546 Le baron et le receleur
547 Le baron est bon prince
548 Noces pour le baron
549 Le baron se dévoue
550 Le baron et le poignard
552 Le baron et le clochard
553 Une corde pour le baron
554 Le baron cambriole
556 Le baron bouquine
558 L'ombre du baron *(sept. 85)*
560 Le baron riposte *(oct. 85)*
563 Le baron voyage *(nov. 85)*
565 Le baron est prévenu *(déc. 85)*

PICARD Gilbert
477 Le gang du crépuscule
490 L'assassin de l'été

RATHBONE Julian
511 A couteaux tirés

RENDELL Ruth
451 Qui a tué Charlie Hatton ?
501 L'analphabète
510 La danse de Salomé
516 Meurtre indexé
523 La police conduit le deuil
544 La maison de la mort
551 Le petit été de la St. Luke

RODEN H.W.
526 On ne tue jamais assez

SALVA Pierre
475 Le diable dans la sacristie
484 Tous les chiens de l'enfer
503 Le trou du diable

SAYERS Dorothy L.
400 Les pièces du dossier

SIMPSON Dorothy
537 Le chat de la voisine

STOUT Rex
150 L'homme aux orchidées

STUBBS Jean
507 Chère Laura

SYMONS Julian
458 Dans la peau du rôle

THOMSON June
521 La Mariette est de sortie
540 Champignons vénéneux

UNDERWOOD Michaël
462 L'avocat sans perruque
485 Messieurs les jurés
531 La main de ma femme
539 La déesse de la mort

WAINWRIGHT John
522 Idées noires

WATSON Colin
467 Cœur solitaire

WILLIAMS David
541 Trésor en péril

WINSOR Roy
491 Trois mobiles pour un crime

IMPRIMÉ EN FRANCE PAR BRODARD ET TAUPIN
58, rue Jean Bleuzen - Vanves - Usine de La Flèche.
ISBN : 2 - 7024 - 0151 - 1

H 31/0329/8